新潮文庫

ゼロからのMBA

佐藤智恵著

新潮社版

9741

目次

III コロンビアビジネススクール白書

ゼロからのMBA

プロローグ

「将来、何をやりたいかわからないなら、MBA留学がいいよ」

一九九七年の五月。

私とMBAとの運命的な出会いは、この言葉で始まった。

大学時代の友人に勧められて、インターフェイスという留学予備校に無料相談に行ったときのことだ。

アメリカ人のロバート・ルクレアという先生は、私の人生相談をしばらく聞いたあと、私にMBAを取得することを勧めたのだ。

「えっ、私がMBAですか？」

MBAって経済の資格？

数字が何よりも苦手なこの私が？

当時、私は、NHKのテレビディレクター。衛星第二テレビの音楽番組を主に担当していた。入局五年目。二十七歳のころだ。体力的にも精神的にもつらいことが多々あったが、ディレクターの仕事はやりがいがあって充実していた。

「仕事のこともひととおりわかってきた今、アメリカに留学して自分を成長させたい」

そう思って、一九九七年の年明けに人事部の海外派遣者選考に応募した。ニューヨークにある音楽チャンネルへの留学希望だった。

ところが、結果は見事落選。代わりに選ばれたのは、中国への留学を希望していた先輩の男性ディレクターだった。まわりの上司や同僚も応援してくれて、ちょっと自信があっただけに、ショックは大きい。女性は、留学したあと退職するケースが過去に多かったため、選ばれにくいということだった。

もう、局からの派遣で留学するのは無理かもしれない。それならば、退職して留学することも考えてみようかな……。

アメリカ留学は高校時代からの夢だった。チャンスを待っている間に、大学を卒業し、NHKに就職。もう二十七歳になってしまった。これから準備して留学するのは三十歳前。年齢的にもラストチャンスだ。大学時代の友人たちの多くは、すでに留学して、帰国している人もいるのに。

もうこれ以上、待てない。おばちゃんになってしまう前に、とにかく留学しなくちゃ。

でも、留学して何を勉強しようか……。

留学したいという気持ちは人一倍強かったが、音楽チャンネルへの派遣選考に落選してしまい、何を勉強したいのか、よくわからなくなっていた。ジャーナリズムかな。それとも映画の大学院もいいな。気軽な気持ちで、留学予備校へ相談しに行ったわけだ。

そこにMBAの三文字である。

何だかわからない経済の資格をこの先生は勧めているのだ。MBAが、「経営学修士」の略だということさえ、知らなかった。

確かに、この予備校に通った大学時代の友人たちは皆、有名校に合格してMBAを取得している。でも先生、彼らは全員、会社派遣の「銀行員」ですよ！

テレビディレクターの私がMBA？

ところが、私はこのルクレア氏の一言にピンと来て、MBA留学してしまうのである。

しかも、NHKを退職して。

NHKに残っていれば、今ごろ私は「超安定した人生」を送っていたと思う。倒産の心配もなく、クビの心配もなく、給料が下がる心配もない。それを捨てて、私はあえてMBAを取得することを選んだ。組織にチャンスを与えられるのを待つのではなく、自分でチャンスをつかみとっていく人生がいいと思ったからだ。

人生には、人それぞれの転機がある。

私にとってはMBAに出会ったことが人生を変えてしまった。

「こんな人生でいいのかな。私、一体、何をやりたいんだろう」

MBAに出会うまで、私の二十代は「迷走」していた。大学を卒業して、NHKにディレクターとして入局したものの、いつもどこかで「自分探し」をしていたのだ。「ずっと夢見ていたのは、歌手だったはず」と思い立って、歌手養成所に通ってみたり、「ディレクターよりアナウンサーの方が向いているかも」と、アナウンス学校へ入ってみたり。ところが、どれも中途半端《はんぱ》で、すぐに辞めてしまった。開き直って、ディレクターとして仕事をしていても、そこそこ充実はしているものの、何か物足りなさと閉塞感《へいそくかん》を感じていた。

人生は一度しかないのだ。

私はこの世で何をやるために生まれてきたんだろう。

インターフェイスでルクレア氏にMBA留学を勧められたとき、何だかわからないけれど、「これだ！」と思った。このチャンスをつかまなければ、私の人生は迷走したままになる。

何かにとりつかれたかのように受験勉強をはじめて一年後の一九九八年春、ニューヨークにあるコロンビア大学経営大学院（コロンビアビジネススクール）に合格した。その後、一年留学を延期したのち、二〇〇〇年の年明けに留学。二〇〇一年夏に帰国した。三十一歳になっていた。

帰国してまもなく、私は、自分がMBA留学で得た経験を、同じように「自分探し」をしている人たちに伝えたいと思った。

MBA留学して本当によかったと思ったからだ。

現在、『MBAの〇〇』といったように、ビジネススクール（経営大学院）で勉強する内容に関する本はたくさん出ているし、会社派遣で留学した「エリートビジネスマン」の書いたかっこいい留学体験記も多い。

しかし、私は、ゼロから英語を学び、経営を学び、留学ローンも抱えて、必死でMBAを取得した「三十代女性のガムシャラ体験記」を伝えたかった。それは、不器用で、決してかっこよくはないけれど、ありのままの留学体験だ。ニューヨークでの生活はトラブルの連続だったし、勉強は予想以上に大変だった。就職活動も山あり谷あり。決して楽ではなかった。

でも、苦労した分、それを大きく上回る「いいこと」もたくさんあった。

「将来、何をやりたいかわからないなら、MBA留学がいいよ」

その言葉を、今やっと実感できる。

この本を読みながら、私と一緒にMBA留学を体験していただけるとうれしい。また、本書が人生をポジティブに考えるきっかけになれば、もっとうれしい。

「何かやりたいんだけど、あと一歩が踏み出せない」

そんなモヤモヤ感を、この本で吹き飛ばして欲しい。

それではMBA留学にようこそ!

I　MBAって何だろう

私がＭＢＡ？

「アメリカの大学院にでも留学したいと思うんだけど……」

こんな漠然とした相談を、友人のトヨダに持ちかけたのは、二十七歳になったばかりの一九九七年の春だった。

ＮＨＫ人事部の海外派遣者選考に落選してまもなくのことだ。

トヨダは大学時代の同級生。下の名前はアキコさんなのだが、なぜか女性の友だちは皆、「トヨダ」と呼んでいる。成績は常にトップクラスなのに、全然気取ったところがない。愛されるキャラクターで、同級生からも教授からも人気があった。

大学卒業後、トヨダは大手都市銀行に就職し、会社の留学者選考にも見事合格。この銀行から派遣される「女性第三号」の留学生となった。

一九九七年の春、トヨダは、すでにハーバード大学とスタンフォード大学の両方のビジネススクールに合格し、ＭＢＡ留学の準備を進めていた。

一方、私はと言えば――。NHKに就職して、毎年、人事考課表の本人希望欄に「留学希望」と書き続けたものの、人事部へ応募さえ出来なかった。一九九七年に、所属部署に推薦され、やっと応募できたと思ったのもつかの間、結局、落選。

いつまでも落ちこんでいてもしょうがないので、とりあえず大学院を受験する準備はすすめておこうと、久しぶりにトヨダに電話してみた。

「トヨダ、聞いたよ。ハーバードとスタンフォード、両方受かったんだって？　すごいね。どっちにしたの？」

「いろいろ考えて、ハーバードにした」

「さすが、トヨダだよね。私もね、アメリカの大学院にでも行こうと思ってるんだけど」

「チエ、ＭＢＡなの？」

「まさか。ジャーナリズムとか映画とか、その辺を考えているんだけど。それも決まってないの」

「それだったら、まず私が通っていた予備校に相談に行ってみたら？　インターフェイスっていう予備校なんだけど、私が合格できたのは、そこのおかげだと思う。キタノくんもヤマイくん（大学時代の同級生）も通っていた学校だよ。無料相談をやってくれるから、何でも聞いてみるといいよ」

へえ、留学するのに予備校があるんだ。しかも初めて聞く名前の学校だ。早速、電話で予約して、局の仕事が終わった夕暮れ時、無料相談に向かった。

山手線の五反田駅をおりて、桜田通りを高輪《たかなわ》方面に少し歩いたところに、その予備校はあった。ドイツ料理のレストランが一階に入っているビルの二階と三階で、看板も何もなく、入口も奥まったところにある。「一見《いちげん》さん、お断り」のたたずまいだ（二〇一三年現在、目黒駅に近いビルに移転）。

インターフェイスは、海外の大学院留学を目指している人たちの間では、知る人ぞ知る予備校だ。元投資銀行家のアメリカ人社長と数人の外国人教官。宣伝はほとんどしていないが、口コミで評判が広がったという。

中に入ると、受付とカウンセリングルームが数室あって、結構せまい。受付には、英語のビジネス雑誌などが並んでいて、それらしい雰囲気だ。パソコンが数台置いてある部屋に通され、待っていると、「ハロー」と言いながら男性が入ってきた。ルクレアという名前の先生だった。

ルクレア氏は、いかにもまじめなアメリカ人という感じ。ドラマ「ER」に出てくるヒゲのお医者さんのような雰囲気だった。年齢《とし》は四十代だろうか。服装もノーネクタイで何だかとてもラフな感じだった。

「大学時代の友人、ミス・トヨダにすすめられて来ました。ミスター・キタノもミスター・ヤマイも、ここに通っていたと聞いています」

面接は英語だと聞いていたので、昨夜から考えてきた英文で私の方から話し始めた。

キタノくんとヤマイくんは政府系金融機関からの派遣だった。キタノくんはＵＣバークレー（カリフォルニア大学バークレー校）のビジネススクール、ヤマイくんはＭＩＴ（マサチューセッツ工科大学）のビジネススクールに合格していた。そしてトヨダはハーバードビジネススクール。全員、ＭＢＡ留学だった。

「キタノは私が担当した生徒で、とても優秀だったよ」

ルクレア氏としばらく友人たちの話をしたあと、本題に入った。

「同級生はみんなＭＢＡみたいなんですけれど、私はＮＨＫでディレクターをやっていて、放送関係の大学院に行こうかなと思っているんです。でもどんな大学で、何を勉強すればいいのか、よくわからないんです」

素直に今の心境を伝える。だって本当にわからないんだ。

「放送っていうと、ジャーナリズムスクール（ジャーナリストを養成するための大学院）？」

「そうですねえ。映画とかもいいかな、なんて考えているんですけれど」

煮えきらない返事を繰り返す私。

自分が、「目標が定まらないで迷走する若者」の典型のように思えてきた。「AERA」の記事などにいかにも出てきそうな「夢見るA子さん」のケースだ。

日本人的な会話にちょっとイライラしたのか、ルクレア氏はストレートに聞いてきた。

「じゃあ、将来の目標は？　留学した後は何をしたいの」

「それがあんまり決まってなくて。すみません。ただ留学は夢だったんで……。でも私、テレビが好きなので、放送には関わっていたいと思うんです」

そのあと私は、取り繕うように、自分が制作した音楽番組の話なんかをして、いかにディレクターの仕事が好きか、熱っぽく語ってみた。

「制作のことがひととおりわかった今だから、自分をさらに成長させて、グローバルな番組をつくるためにも留学したいと思うんですよね」

その場でひらめいた「動機」を伝えた。

要は、勉強する内容や、将来のことなんか、何にも考えてなかったわけだ。

私の番組についての熱い語りと、何だかよくわからない将来設計を聞いたあと、ルクレア氏はちょっと考えて、意外なアドバイスをした。

「将来何をやりたいかわからないなら、MBA留学がいいよ」

えっ、私がMBA？　MBAって銀行の人がとる経済の資格でしょ？

青天の霹靂《へきれき》だった。

先生は続ける。

「たとえばね、ジャーナリズムスクールに留学したとしよう。そうすると、卒業してもジャーナリストに戻るしかないよね。フリーのジャーナリストとして自分の事務所ぐらいは経営することはあるかもしれないけれど、それ以外の道はないよね」

確かにそうだ。しかも、放送の大学院は、すでに知っている知識を確認するだけかもしれないなとも思う。

「でもビジネススクールに留学してMBAを取得するとしよう。そのあと、ジャーナリストに戻りたいと思えばいつでも戻れるし、経営っていう専門性も持てるよね。逆に、もしほかのことがやりたくなったら、職業を変えることもできると思うよ。MBAは職業選択の幅を広げる」

MBAというものへの見方が百八十度変わるのを感じた。

こういうとき、アメリカ人のアドバイスは、クリアで合理的だ。モヤモヤした私の日本人頭を整理するには、効果テキメンだった。

「先生、私、銀行員でもないし、経済の基礎知識も全くありません。それでも大丈夫なんですか」

「ビジネススクールは、あえて学生の職歴が偏《かたよ》らないように合格者を出しているから、銀行以外の出身者は逆に歓迎されるよ。日本から留学しているのは、銀行の人ばっかりでしょう。学校側も日本人は銀行員だらけで、うんざりしているはずだ」

さらにルクレア氏は、私をどんどんMBAモードにしていく。

「あと、こう言うのもなんだけど女性は有利だよ。どの学校も女性を増やしたいと思っているからね」

ちょっと変わった職歴、そして、女性。

もしかして私って結構いい線行くかも？　待てよ。大学時代、最も苦手だったのは、国際経済だったじゃないか。経済なんか大嫌いだったはず。数学もダメだ。高校時代、模試で何回も零点をとったこともある。大学もほとんど文章力で合格したようなもの。まだ自分がMBAみたいな経済の資格をめざしていいのか、半信半疑だった。

「先生、ビジネススクールとジャーナリズムスクールの併願は出来ませんか」

「それは無理。試験の種類も違うし、とても同時に勉強することはできない。はっきり言って時間の無駄。どっちかに絞らないと、どっちも失敗する。繰り返しになるけれど、僕は、ＭＢＡを勧める。決めるのは君だ」

決めるのは君だ、と言われてもねえ。

ルクレア氏は、「君にはＭＢＡしかない」っていうような感じで、まず早めにＴＯＥＦＬ（英語を母国語としない人が受ける世界共通の英語の試験）と、ＧＭＡＴ（ビジネススクール受験者が受ける共通の試験）を受けるように言った。何回か受験して点数が上がってきたら、十月ぐらいからここで課題エッセイの指導を受けるようにと言った。

「グッドラック」

先生はそう言って手を差しだした。

「がんばります」

とりあえず、やる気マンマンっぽく、ぐっと先生の手を握り返した。

五反田駅への帰り道。すっかり暗くなった桜田通りを歩きながら、私はぼんやりとＭＢＡについて考えていた。

ＭＢＡって何？　私に出来るの？

本当に私は経済なんか勉強したいの？

でも先生の言葉が何度も頭に響いてくる。

「MBAは職業選択の幅を広げる」

MBAは私の人生に自由を与えるもの?

会社や職業に縛られなくなるなんて、何だか素敵じゃないか!

MBAって何？

留学予備校での無料相談後、「気分はちょっとMBA」にさせられてしまった私だが、ふと、自分がMBAについて、基本的なことさえも、何も知らないことに気づいた。

本当はルクレア氏に聞けばよかったのだが、無料相談は一時間だし、さすがに熱心にアドバイスをしている最中に「ところでMBAって何を勉強するんですか」と聞くわけにもいかない。第一、英語で説明されても、わからなかったと思う。

MBAって何？

まず、基礎情報を集めるために向かったのが、本屋だった。一つのことを調べようと思うと、マニアックに本を買い集めるクセがある私は、新宿の紀伊國屋《きのくにや》書店、池袋のリブロ、東京駅前の八重洲《やえす》ブックセンターなど、大きな本屋をハシゴする。『MBAマーケティング』『MBAの財務』『MBAの経営』など、ビジネス・経営の棚に、ズラッと関連本が並んでいた。ＭＢＡコーナーを特別に設けている書店もあった。ＭＢＡって一九八〇年代にもてはやされた、ただの「ハヤリモノ」だと思っていたのだが、こんなに根付いていたのか。

いくつかの本をパラパラと立ち読みしてみたが、さっぱり内容がわからない。「キャッシュフロー」「バリュエーション」「セグメンテーション」あふれるくらいの表と数字とカタカナで、見たことも聞いたこともない〝宇宙語〟を読んでいるようだった。

「こんなもの、勉強できるんだろうか。しかも英語で……」

早くも絶望しかかった私は、宇宙語の本たちのことはとりあえず忘れて、留学コーナーに向かうことにした。『ＭＢＡ留学サクセスガイド』『ＭＢＡ入学ガイドブック』『ＭＢＡ留学』など、基本から説明してありそうな日本語の本をまとめて買った。

ＭＢＡとは、Master of Business Administrationの略で、直訳は経営管理学の修士号、簡単に言うと、「経営学を専門とする大学院を卒業しました」という学歴だ。公認会計士、弁護士のような資格だと思っていたら、大学院卒という意味だった。

ビジネススクールというのは、経営大学院の英訳だ。正式には、Graduate School of Businessなのだが、略してビジネススクールと呼ばれている。私の母校、コロンビアビジネススクールも、正式にはColumbia University Graduate School of Businessだ。ちなみに弁護士を養成する大学院は、ロースクール、ジャーナリストを養成する大学院はジャーナリズムスクールという。

実は、ビジネススクールは世界中にある。経営学という学問は、ハーバード大学が主体となって発展してきたものなので、ビジネススクールと言えばすぐにアメリカが思い浮かぶが、ヨーロッパ、アジアにもある。アメリカのビジネススクールについては後述するとして、ヨーロッパで有名なのはイギリスのロンドンビジネススクールとフランスのＩＮＳＥＡＤ《インシアード》だ。日本では、一橋大学、慶応大学、早稲田大学などのビジネススクールが、注目を集めている。

欧米のビジネス社会では、ＭＢＡは二十代で年収十万ドル以上を手にするパスポート。大学院の中でも、ビジネススクールはロースクールと並んで、最難関と言われている。

日本でもバブルの時代に、銀行や商社から多くの人が会社派遣で留学して、ＭＢＡはエリートの称号のようにもてはやされたが、現在は会社派遣の人数も減り、むしろ会社を辞めて私費留学する人が増えている。女性も増えているらしい。

では、経営学というのは一体、何を勉強するものなのか。何冊かの紹介本を読んでみると、ビジネススクールでは、主に財務、会計、マーケティング、生産管理、国際ビジネス、リーダーシップなどを学ぶと書いてある。

さっぱりわからない。

私の大学時代の専攻は、国際関係論。しかも卒業してからは、ずっと公共放送でテレビ番組を制作してきたわけだから、「ビジネス」なんてコンセプトからは全く無縁だった。いや、まともな経済番組の一つでも制作していればよかったのかもしれないが、政治・経済系はトンと苦手で、好きなエンターテインメント系の番組ばかり作っていた。

ふと、本屋で立ち読みした「表と数字とカタカナの宇宙空間」のことを思い出した。きっと、あれが、MBAで勉強することだ。

本当に私に出来るの？

嫌いな経済をやりたいの？

苦手なことをやりたいの？

再び質問がぐるぐる私の頭の中を駆け巡る。

ルクレア氏は、ビジネススクールとジャーナリズムスクールの併願はしないほうがいいと勧めた。アメリカの大学院受験は半端じゃなく大変そうだし、きっと「二兎《と》を追うものは一兎をも得ず」だろう。

だからどちらかに決めなくてはならない。

自分への問いかけは続く。

MBA紹介本を読んでみて、おもしろかったのは、ビジネススクールのランキング、卒業生の平均年収や就職率などが、必ず載っていることだった。MBA取得者の成功の定義が、「年収」と「社会的な地位」で測られるってことなんだろう。ビジネススクールで学ぶ学問は帝王学とも言われるそうで、MBAを取得した日本人卒業生の欄には大手企業の社長や会長の名前が並んでいた。

もしかして、私も女社長？

華やかな卒業生のイメージと嫌いな経済の両方を天秤《てんびん》にかけながら、私はMBAというものの全体像を少しずつつかみ始めていた。

女性MBAのパイオニアたち

もう少し、MBA留学の具体像を知りたい。休日出勤などで、時間がぽっかり空いたときに、私はNHKの資料室に行って、MBA関連番組のビデオを見るようになった。

NHKも一九八〇年代後半から一九九〇年代にかけて、ビジネススクールに通う女性やMBAを取得した女性を何回か取材している。日本経済が絶頂を極め、MBA留学が流行《はや》っていたころで、多い学校では一学年に五十人もの日本人留学生がいた。今とは違って、日本人で大手企業の派遣なら簡単にトップテン校に合格したという「MBAバブル」の時代だ。

このころ、多くの日本人女性もキャリアアップを目指してMBA留学していた。ただし、こちらは皆私費である。

番組に出ていた女性たちは、ある意味で「衝撃的」だった。私の周りであまり見たことがないような女性たちだったからだ。

たとえば、ハーバードビジネススクール卒の日本人女性は、卒業して数年で、M&A（企業の合併・買収）を専門とするアメリカの会社の副社長になっていた。年収千五百万円以上。重そうな書類かばんを持って颯爽《さっそう》と移動する。日本語よりも英語の方が得意そうな帰国子女で、社長との打ち合わせ中のシーンでは「ちょっとカメラさん、机の上は撮影してないでしょうね？」と、すごい迫力だ。

「日本の会社でプレゼンテーションするときは、この人はなぜ女なのにこれをやっているのかと疑問に思われないようにすることが大切。自分が〝女性〟としてではなく〝プロ〟として説明していることをわかってもらうのが重要」と語る。

コロンビアビジネススクール卒の日本人女性は、都市銀行の元OL。コピー取り、お茶くみの毎日に、「このままではただの年とったOLで終わってしまう」とMBA留学したのだ。MBA取得後、外資系の不動産会社に就職し、早速、個室に秘書が与えられる。出社初日には、一日で読まなければいけない資料が、机の上に山ほど積んである。

ビジネススクール在学中の女性たちも取材している。コロンビアの女性は、「料理をする時間がもったいない」と言って、ベーグル（円いパン）をかじりながら、夜通し勉強していた。何百ページもの英語の本を一晩で読まなければいけないという。本棚には難しそうな英語の本がぎっしりだ。

彼女たちは、私より十歳ぐらい上の世代。一九八六年に男女雇用機会均等法が施行されたものの、まだまだ女性が社会で活躍することが難しかった時代の「女性MBAのパイオニアたち」だ。日本の会社では、補助的な仕事をするしかなかった女性たちが、MBAを取得したことによって、外資系の会社の管理職になったり、自分の会社を起業したりと、ノビノビ働いていて気持ちがいい。

おもしろかったのが、留学前に「卒業後はこれをやります」と決めて留学した女性があまりいなかったことだった。「もっと自分の活躍の場がほしい」という気持ちだけが、彼女たちを留学へと駆り立てていた。取材された女性たちが一様に「MBAを取得してよかった」と言っていたのも印象的だった。ルクレア氏が言っていた〝将来の可能性が広がる〟というのは、こういうことなのかもしれない。

それにしてもである。私に出来るのだろうか。

必死でベーグルをかじりながら勉強していたあの女性の姿がどうしても忘れられない。

何の知識もなしに全く新しい学問を英語で学ぶ難しさは、自分でも想像できない。

受かってもいないのに、受かってからの心配をしてしまう。
私の頭の中では、依然、宇宙語に対する恐怖と不安が渦巻いていた。

ビジネススクールに決めた！

ビジネススクールか、ジャーナリズムスクールか。

ビジネススクールに行けば、苦手な「経済の勉強」が待っているが、職業選択の幅が広がって、自由になれる。ジャーナリズムスクールに行けば、たぶん、慣れ親しんだ分野で楽しいだろうが、帰国してもジャーナリスト以外の道を選ぶのが難しくなる。どちらを目指すべきか。

一人で悩んでいてもしようがないので、大学時代の恩師に相談してみることにした。

小寺彰《こてらあきら》教授は国際法が専門で、大学時代、私やトヨダが所属していた学科（国際関係論）で、担任の先生のような存在だった。何しろ一学年三十人程度だったから、学科自体がゼミのようなものだ。

先生は当時、三十代後半、新進気鋭の若き助教授だった。私たちはすっかりなついてしまい、先生を囲んで飲み会をやったり、花火大会をやったり。就職に留学に、そして恋愛に、何かあると、小寺部屋に駆け込んで相談していた。

久しぶりに訪れた大学は、何だか妙に懐《なつ》かしかった。NHKからキャンパスまでは歩いていける距離にあるのに、仕事が忙しくて足がすっかり遠のいていた。たった数年経《た》っただけなのに、歩いている女子学生がとても「若く」見える。服装や化粧のしかたまで、私たちのころより洗練されているようだ。

駆け込み部屋は、相変わらず本だらけ。天井まである本棚におさまりきれない分が、机の上に平積みになっていて今にもなだれ落ちそうだ。ここだけは、いつ来ても変わらない。就職先をNHKに決めたときも、ここに報告に来たことを思い出す。

「先生、一段と本が増えましたねえ」

「いやあ、だって誰も整理してくれないからさあ」

そうは言っても同級生たちは、たびたび推薦状をもらいにこの部屋を訪れているらしい。

先生は、大学近くのちょっと洒落《しやれ》たフランス料理店に案内して下さった。学生時代はこんな素敵なレストランに連れてきてもらったこともなかったから、私も出世したもんだ。

「留学したいと思ってるんですけれど、先生、MBAってどう思います？　留学予備校へ相談しに行ったら勧められたんですけど、ジャーナリズムスクールともまだ迷っていて」

小寺先生も、インターフェイスのルクレア氏と同じ質問をした。

「留学した後、何をしたいの？」

「放送は好きだから、やっぱり放送業界かなあ」

「それだったら、NHKから留学させてもらった方がいいんじゃないの？」

「それがなかなか、うまくいかなくって。この間、人事部の選考にも落ちちゃったし。最悪でも休職させてもらえたらいいんですけれど。とりあえず、大学院は受験して合格しておこうと思ってるんです」

「好きなことを勉強した方がいいんじゃないの？　MBAってトヨダさんやキタノくんみたいな銀行員がとるものでしょ。どうなのかなあ」

そういえば先生は、私が大学時代、NHKと損害保険会社に内定をもらって悩んでいたときも、「好きな方を選んだらいいよ」とアドバイスして下さったっけ。

先生に相談して、放送業界からMBAというのは、相当「ピンとこなくって」「珍しい」ということはわかった。人望厚い小寺先生が、これまでに書いた推薦状は、数え切れない。その小寺先生からしても、たぶん過去に例がないのだ。

人がやっていないことをやるのは大好きだ。NHKでも、ニューヨークのレコード店で見つけてきた日本人ジャズピアニストを「本邦初公開」する番組を制作したり、スタジオライブを中心とした新しいタイプの洋楽番組を立ち上げたり。だから、先生の「?」マークの反応は、逆に私をMBA留学へと駆り立ててしまった。

とはいえ大好きな「放送」も捨てられない。結局私は、MBAと放送の両方を勉強することにした。そう、ビジネススクールで、放送や映画に関連した授業もとればいいんだ。アメリカの大学は、選択科目で他学部の授業も履修できるとよく聞く。ジャーナリズムスクールの授業もとれるはずだ。メディアやエンターテインメントの経営専攻もきっとあるはず。

やっぱりMBAにしよう。

ミーハー心で志望校を選ぶ

「ビジネススクールで、放送や映画に強そうな学校はどこかなあ」

MBAのガイドブックを片手に、有名校のホームページを調べる。MBA紹介本もさすがに最新のカリキュラムや応募要項まではカバーしていない。ホームページを見るか、願書を取り寄せるかしないと詳細はわからないのだ。

私は、まず、「トップテン校」と呼ばれる有名ビジネススクールを中心に調べ始めた。目標は高いほうがいいからだ。

ビジネススクールにはランキングがある。日本の大学入試難易度ランキングみたいなものだ。

アメリカのビジネススクールでは、ハーバード、スタンフォード、MIT（マサチューセッツ工科大学）、シカゴ、コロンビア、ペンシルバニア、ノースウェスタンの七校が、トップ七校と言われている。この七校に、UCバークレー（カリフォルニア大学バークレー校）とダートマスを加えた九校がトップテン常連校と言われている。

この他、ミシガン、コーネル、NYU（ニューヨーク大学）、デューク、イェール、バージニア、UCLA（カリフォルニア大学ロスアンゼルス校）なども、トップビジネススクールとして有名だ。

ビジネススクールには、よく大口寄付者の名前が冠でついているのだが、学校によっては大学名より大口寄付者名が通称になっている学校もある。たとえば、ノースウエスタン大学のビジネススクールの正式名称は、The Kellogg School of Management at Northwestern Universityなので、略して「ケロッグ」と呼ばれることの方が多い。ペンシルバニア大学の場合は、The Wharton School of the University of Pennsylvaniaなので、「ウォートン」として知られている。

ランキングは、卒業後の平均年収、就職率、卒業生の評価、大手企業の人事部の評価などを総合して決められている。アメリカの経済誌や新聞などが独自に集計しているので、順位は各社それぞれ違っている場合が多いが、前述の学校は、トップテンの常連校で、評価が高いのは間違いなさそうだ。

ところが、アメリカの大学は各々特色があって、カリキュラムや学生の雰囲気など、学校によって全然違う。日本の大学のように、偏差値が高い学校を上から目指すというのでは失敗する。単純にランキングだけで決めると、「合わない」ことが多々あるそうだ。たとえば、ハーバードはクラスでの発言を重視した授業が多いが、シカゴは講義形式が比較的多いと聞く。校風にしても、ハーバードは競争意識が強いが、スタンフォード、ケロッグ、ミシガンなどは、協調性を重視する。コロンビアはファイナンスに強いが、ケロッグはマーケティングに強い。メディアに強い学校もあれば、ITに強い学校もある。これに学校のサイズ、立地なども入れれば、志望校は結構限られてくる。

トップテン校を順番に調べていくと、コロンビアビジネススクールのホームページに「メディア／エンターテインメント」という選択科目群を見つけた。選択科目は必修科目を終えた二年目に履修するのだが、経営大学院でありながら、ジャーナリズムスクールや芸術大学院と共同の授業も選択できると書いてある。「映画制作」「メディア経営」「国際メディア」などおもしろそうな科目がたくさんある。これよこれ、私が探していたのは！

コロンビア大学は、多くのノーベル賞学者や著名な政治家が輩出している名門大学だが、全米でトップレベルのジャーナリズムスクールを持つことでも知られている。ジャーナリズムスクールは、二十世紀初頭に新聞王のジョセフ・ピュリツァーの寄付金を元に創設され、以来世界中のジャーナリストにとって最高の栄誉とされる「ピュリツァー賞」の運営・授与も行っている。ビジネススクールに通いながらコロンビアのジャーナリズムスクールの授業も履修できるなんて、一石二鳥ではないか。

UCLAとNYUのビジネススクールのホームページでも、映画、テレビに関する科目をたくさん見つけたが、心はすでにコロンビアにひかれていた。何といってもコロンビアはアイビーリーグだ。

アイビーリーグとは、アメリカの東部にある伝統的な名門校を指す。ハーバード、イエール、ペンシルバニア、プリンストン、コロンビア、ブラウン、ダートマス、コーネルの八校の総称で、日本でいえば、旧帝大という感じだ。

一九九七年当時は、宇多田ヒカルの入学など、コロンビア大学にまつわるニュースが大々的に報じられる前だったけれど、アイビーリーグ、ピュリツァー賞を授与するメディアの名門、ニューヨークという三点セットは、私のミーハー心を満たすのには十分だった。

選択科目のほかに調べたのが、卒業生の進路だった。次に転職するにしてもメディアとエンターテインメント関連の会社がいいから、その分野に強い学校がいい。

総合的にはUCLAが多くの卒業生をエンターテインメント業界に送り出していた

が、会長、社長レベルを見てみると、ハーバードの卒業生が多いように思えた。UCLAは、とても魅力的だったが、私は車の運転が出来ない。一応、免許は持っているが、才能はゼロ。一度助手席に乗った父から「二度と車は運転するな」と言われたほど、超ヘタクソだ。UCLAで車なしで生活するというのは、まず不可能だろう。

受かりそうかどうかなんて二の次。とりあえず目標だけは高く持とうと、トップテン校の中でも、コロンビアとハーバードを第一志望に決めた。

必勝スケジュールを立てる

ビジネススクール受験は、勉強を始めてから出願するまで、通常二年はかかるという。

最初の一年で、TOEFLやGMATの試験の点数を合格水準まで持っていき、次の一年は課題エッセイ（論文）の作成に備えるということだ。

ビジネススクールの競争率は平均して十倍。トップテン校の日本人枠の倍率は二十倍から三十倍と聞く。だから、何年もかけて、受験する日本人もたくさんいるそうだ。

しかし私は、逆に短期決戦にしようと思った。今よりさらに忙しい部署に異動になったら、勉強を続けられないのは目に見えている。それに、年齢的にも二十七歳。ビジネススクール入学者の平均年齢は二十七歳ぐらいだから、早ければ早い方がいい。

一九九八年九月の留学を目指そう。

時はすでに一九九七年五月。七ヶ月後までには出願しないと、一九九八年の合格は難しい。合格するのは年内出願が必須というのは、どの本にも書いてある。早く出願すればするだけ有利なのだそうだ。

ビジネススクール受験に必要なプロセスを整理してみる（筆者注・これは一九九七年当時のものです）。

◆願書取り寄せ
◆TOEFL六〇〇点以上達成（トップ校は六三〇点以上、現在のiBT試験で一〇九点以上が必須）
◆GMAT六〇〇点以上達成（トップ校は七〇〇点以上が必須）
◆履歴書作成
◆推薦状三通程度（草稿は自分で作成）
◆課題エッセイ（論文）作成
◆各校指定のフォーマットで個人データフォーム記入
◆出身大学の成績表・卒業証明書・財政証明書準備
◆受験料、切手など用意
◆願書送付
◆面接

これから約七ヶ月間。どのように効率的に時間を使ったらいいのか。課題エッセイはインターフェイスに通うとしても、TOEFLやGMATはどうすればいいのか。

再び、友人のトヨダに電話で聞いてみた。

「結局、仕事しながらMBAを目指すことにした。何とか来年行こうと思ってるんだけど」

「GMATとか、もう受けてる？」

「これからなの」

「TOEFLは？」

「これから」

「…………」

トヨダは比較的早い段階から、TOEFLもGMATも受験していて、高得点を出していたという。出願した年の夏には、すでに課題エッセイの準備にかかれるほどだった。話を聞けば聞くほど、彼女がいかに計画的に留学準備をすすめてきたかを痛感する。準備から出願まで一年もかけている。着々と試験の点数を上げて、万全の態勢で夏からエッセイをはじめ、早めに出願。ハーバード、スタンフォードといった超難関校に合格した。

それを私は半年ぐらいでやろうとしているのだ。私がエッセイを始めるのは、うまくいって秋だろう。トヨダの二、三ヶ月遅れだ。

「早めに両方のテストの点数は、上げておいたほうがいいよ。エッセイ書くの、結構大変だから」

トヨダは、何の準備もしていない私を心配して、TOEFLやGMATについても予備校に通うことをすすめた。それが最も効率がいいとのことだった。他の予備校にも通ってみたが、試験対策も結果的にはインターフェイスがよかったと言う。

高校時代、アメリカに留学していた彼女でさえ予備校に通ったのだから、私も通わないと点数アップは望めないだろう。

念のため他の友人たちにも聞いてみた。エッセイ対策は、皆、インターフェイスを勧めたが、TOEFLやGMAT対策は、他の予備校の名前をあげた人もいた。イフ外語学院、ザ・プリンストン・レビュー（現アゴス・ジャパン）などが、MBA予備校としては有名らしい。

「十月までにTOEFLとGMATの点数が上がれば、エッセイにとりかかれるよ。あとはインターフェイスについていけば大丈夫」

トヨダの励ましがうれしかった。何とかなりそうな気分になってくる。

それと、どこかの本に、ビジネススクールの入学者選考はテストの点数、推薦状、エッセイの総合評価で行われると書いてあった。テストの点が低くても、トップテン校に合格した実例は、たくさんある。「こんなに低い点数で合格しました」みたいな合格体験記を読んでは、励みにしていた。

私はエッセイ勝負だと思っていた。職歴は長いし、日本の放送業界での経験は、少なくともインパクトがあるはずだ。英語力はともかく、職業柄、文章を書くのは普通の人よりも得意だ。

「TOEFLは夏までに六〇〇点以上。GMATは十月までに六五〇点以上達成する」

私の短期決戦計画が幕をあけた。

II　短期決戦で勝負

TOEFLの点数が上がらない

恥ずかしながら、私は帰国子女である。といっても英語がそれほど出来るわけではない。

八歳から十三歳まで、中央アメリカのコスタリカ（スペイン語圏）という国に住んでいたのだが、日本人学校に通ったため、日本語を忘れなかったかわりに、英語もスペイン語も中途半端《はんぱ》なまま帰国してしまったのだ。

ただ、日本人学校に小学校から英語とスペイン語の授業があり、最初に習ったのがネイティブ（英語を母国語とする人）の先生だったので、発音だけは身に付けることができた。発音がいいために、英語はネイティブ並に出来ると勘違いされてしまうのだが、実際は、大学時代も同級生より少し出来るという程度だった。後に詳しく述べるが、ビジネススクール受験の際もTOEFLを九回（！）も受けたくらいだ。

英語が飛躍的に上達したのは、やはりコロンビアビジネススクールに留学してからだ。

私は、小学生のときから、ありとあらゆる英語の勉強法を試してきた。教育ママだった母が、英語教育への投資を惜しまなかったからである。コスタリカ時代はネイティブの家庭教師二人による個人レッスン、帰国後は、中学、高校と英会話スクールに通い、通信教育もやった。大学時代は東京の英会話スクールに通うかたわら、オーストラリアで英語学校に通ったり、カナダでホームステイをしてみたり、様々な方法を試した。しかし結果的には、アメリカの大学院への留学が一番効果的だったのである。

英語の上達は、正しい英語を聞いたり、使ったりする時間の長さに比例するのではないかと思う。日本の英会話スクールも、オーストラリアの英語学校も、集団で勉強するから、まわりの人の下手な英語を聞いている時間が長い。ネイティブではない人の英語をいくら聞いても、うまくはならない。

コロンビアビジネススクールでは、先生は一流だから自然と「正しい英語」が身に付く。また日本人学生はほとんどいないから、学校では、百パーセント、英語を話すしかない。さらに日常生活では、買い物するにも英語、苦情を言うのも英語、テレビを見ても英語だ。二十四時間、英語を話すしかない状況に置かれると、こんなに上達するのかと思う。

「英語を最も効果的に上達させるには、何かを学ぶために、欧米の高校、大学、大学院に留学するのが一番」というのが私の持論。英語そのものを目的にすると失敗する。私のように経営学でもいいし、音楽、哲学、数学など何でもいい。そして、レベルの高いネイティブの学生や教授と一緒に勉強すると、グングン上達する。

とまあ、今だからこんな風にいえるものの、留学前は、英語のテストの点数を上げるのに、かなり苦労した。

ビジネススクールを受験するのに必要な試験は、二つある。

TOEFL（Test of English as a Foreign Language）という世界共通の試験とGMAT（Graduate Management Admission Test）というビジネススクール受験者用の共通試験だ。

学校側は、指定する最低点をクリアしないと、応募書類も見てくれない。要は足切り点があるわけだ。足切り点は、どの学校も、TOEFL六〇〇点（六七七点満点）、GMAT六〇〇点（八〇〇点満点）ぐらいだったと記憶しているが、実際のところ、トップテン校を受験するには、TOEFLは六三〇点以上（現在の一〇九点）、GMATは六五〇点以上というのが、私が受験した一九九七年当時のギリギリの合格ラインだった。

ＴＯＥＦＬは、リスニング、文法、リーディングの三部構成だ。私が受験したときは、ペーパー試験のマークシート方式で、リスニングと文法は六八点満点、リーディングは六七点満点、合計六七七点満点だった。

二〇一三年現在、ＴＯＥＦＬは、マイク付きのヘッドセットを付けて、パソコン上で受験するテスト形式に移行している（ＴＯＥＦＬ iＢＴテスト）。リスニング、リーディング、スピーキング、ライティングという四部構成で、各パート三〇点満点で、合計一二〇点満点だ。文法の代わりにスピーキングと英作文が加わり、日本人にとっては、難易度が増していると言われている。

ＧＭＡＴは、英語と数学と英作文の三科目。一九九七年はペーパー試験から、コンピューター試験へと移行した最初の年だった。

英語は、文法、論理力、長文読解という三種類の問題が混在して出題され、かなり難しい。数学は、日本の高校レベル程度で、日本人は高得点がねらいやすいと言われる。

ＧＭＡＴも、二〇一三年現在、四部構成に変わっている。英語、数学、英作文に加え、Integrated Reasoningという分析能力を判定するセクションが加わった。

このように、ＴＯＥＦＬもＧＭＡＴも、テスト形式が、変更されることが多々あるので、これから受験される方は、オフィシャルウェブサイトで最新の情報を確認することをお勧めしたい。

仕事をしながらTOEFLの勉強を本格的にはじめたのは、一九九七年の五月。インターフェイスの無料相談の直後だ。TOEFLとGMATの二つを同時に勉強するのは不可能だと思った私は、まずTOEFLからとりかかった。GMATに比べれば簡単なTOEFLの勉強からはじめて、できることならば夏までに六〇〇点を達成しようと、私なりの計画を立てていた。

「TOEFLもGMATも、問題集買うんだったら、ETSのオフィシャル問題集だけでいいよ。それを何回もやればいいから」

同級生のトヨダからのアドバイスだ。彼女のTOEFLの点数は六六〇点で、満点(六七七点)に近かったという。

ETSというのは、Educational Testing Serviceの略で、TOEFL、GMAT両方の試験を運営しているアメリカの教育団体だ。ETSの問題集は、すべて過去に実際に出題された問題で構成されている。書店やオンラインで入手可能だ。

私はETSの問題集を全部買った。TOEFLもGMATも書店で売っているだけ全部だ。仕事をしながらの勉強なので、平日の夜と、休日のすべてを使って、TOE

FLの問題集を解くことから始めた。同じ問題集を三回以上、繰り返し解く。リスニング、文法、リーディングの三科目を順番に時間を決めて勉強する。偏《かたよ》らないようにするためだ。模試になっているところは本番と同じように時間を計ってやってみた。

一ヶ月間の集中勉強の後、最初のTOEFL受験日がやってきた。一九九七年の六月。

その日は雨だった。急いで申し込んだので、希望会場に入れず、新宿の臨時会場だった。

「まずは六〇〇点を超えたい」

意気込んで会場に向かう。早めに六〇〇点を超えれば、次にGMATの勉強に集中することができて、気分的にも楽になるからだ。問題集についていた模試でも、自己採点で六〇〇点を超えていたから、「六〇〇点は実現可能なはず」と自信マンマンだった。

ところが、最初のリスニング試験で早くも大失敗。この会場、大きな臨時会場のため、音響が悪い。

「ボワボワボワ」

「ボワボワボワボワ」

集中しているつもりが、こうとしか聞こえない。聞き取れない焦《あせ》りで頭が真っ白になる。リスニングの試験はメモをとってはいけない規則になっているから、かなりの集中力が必要なのに、何も聞き取れない。あーもうダメだ……。途中からは全部カンでマークシートを塗りつぶした。ヤケクソだ。結果はおよそ一ヶ月後に来るが、まず六〇〇点は無理だろう。

何が悪かったんだろう……。あれだけ過去問を解いたのにやっぱり付け焼刃には限界があるっていうことか、早くも壁にぶちあたる。

一番の原因はリスニングだ。いろいろ情報を集めてみると、会場によってテープの聞き取りやすさに差があるとわかり、当時、一番音響がいいと言われていた四谷の日米会話学院を希望して、数回分まとめて申し込んだ。締め切り間際《まぎわ》に申し込むと臨時会場になって、音響があまりよくない会場に割り当てられるらしい。試験会場の音響状況は非常に重要で、実際、大学の大教室などは、音が反響して聞き取りにくい。反対に、英語学校などの小さな教室にあたると、音響は比較的よかった。

こんな小さな情報不足が、点数に大きく影響する。TOEFLは数回受けたが、リスニングの点数が会場によって大きく違っていた。現在のコンピューター試験会場では、リスニングの問題をヘッドフォンで聞けるそうだが、今度はヘッドフォンの質や音量に差があるという。

迷信深い私は、この時の受験票の写真は二度と使わないようにした。その日着ていた服も縁起が悪いから着るのをやめた。

一ヶ月後、結果が来た。五八七点。これでは足切りにあってしまう。志望校の出願すらできない。最悪だ。過去問を繰り返すだけでは限界があった。特に点数が悪かったリスニングにしぼって、予備校で個人レッスンを数回受けることにした。

七月。二回目に受けたTOEFLでは、会場の音響が一回目と比べてずいぶんよかったにもかかわらず、またもや集中力が切れてしまった。

リスニングの悪魔が私にとりついているかのようだった。

エッセイの神様に出会う

インターフェイスには、一九九七年当時、三人の先生がいた。社長のウォーレン・デバリエ氏、春の無料相談でMBAを勧めてくれたロバート・ルクレア氏、そしてスティーブン・ラウンド氏だ。現在はさらに先生が増えているらしいが、当時はこの三人がいわゆる「看板」だった。

先生方は、日本語はあまり話せないので、カウンセリングはすべて英語だ。私の大学の同級生たちは、この予備校で課題エッセイを指導してもらって、一流校にMBA留学していた。

ハーバードのトヨダとMITのヤマイくんはデバリエ氏、UCバークレーのキタノくんはルクレア氏に、それぞれ指導を受けていた。

トヨダからは強くデバリエ氏を勧められた。

「私が合格したのは、デバリエ（氏）のおかげだと思う。ちょっと変わった先生だけど、本当にいいよ」

どの先生がどの生徒を受け持つかというのは、先生と生徒の両方のバックグラウンドを考えて、社長のデバリエ氏が決める。デバリエ氏、ルクレア氏、ラウンド氏、それぞれ強みがあるからだ。ただデバリエ氏が面接して、そのときにデバリエ氏本人が非常に興味を持ってくれれば、直接担当してもらえる可能性は高いらしい。もちろん、三人の先生方は、どの先生も高い合格率を誇るが、私は、「同じ女性であるトヨダの成功にあやかりたい」と、何とかしてデバリエ氏に担当してもらいたいと思っていた。

デバリエ氏の最初の面接を受けたのは、夏ぐらいだったと思う。早くしないと、三人の先生の受け持ち枠が、全部埋まってしまって、エッセイを指導してもらえなくなると聞いていたから、TOEFLの点数もあがってないのに、面接を受けにいったのだ。

インターフェイスは「早い者勝ち制」で生徒を受け入れている。会社派遣も私費も関係なく、面接に合格した人から早い者勝ち。極めて公平なやり方だ。

社長のデバリエ氏は、アクションスターのスティーブン・セガールによく似ている。休憩時間にダンベルで筋トレをやっているムキムキ系だ。会えばわかるが、この先生、見た目はかなりコワイ。実際、コワイので、受講される方は覚悟が必要だ！

名門ジョンズ・ホプキンズ大学の大学院（国際関係論）を卒業し、エクソンモービル、チェースマンハッタン銀行の投資銀行部門を経て、一九八八年に日本でインターフェイスを起業した。エクソン時代に、東京のゼネラル石油の常務取締役を務めたことが日本との縁だ。インターフェイスは、大きな宣伝活動はせず、口コミだけで優良顧客を集めるという戦略が成功している。

「ミス・トヨダは、本当に優秀だった。ハーバードとスタンフォードの両方に合格する生徒は、めったにいない」

先生は、トヨダのことをかなり気にいっていて、誉めちぎった。

「トヨダは、デバリエ先生のおかげで合格できたと言っていました。それで、私も同じようにがんばりたいと思って。インターフェイスでエッセイ指導をお願いしたいと思います」

必死で「私も彼女と同級生だったんだから、ポテンシャルはあるのよ！」と目で訴える私。これまでやってきたNHKの仕事と、なぜMBAを目指すのか、といった質問に懸命に答えた。

デバリエ氏は、放送業界からのMBAということで、ちょっと興味深そうに、どんな番組を制作したのか、といった質問をしてきた。

「最近では音楽番組や旅番組を制作しました」

「それは楽しそうじゃないか。留学したいのはわかったが、なぜＭＢＡなのか」

「ルクレア先生に相談したらＭＢＡを目指すのがいいと助言されました。私もいろいろ調べて、考えた末、自分の人生の可能性を広げるには、ＭＢＡが一番いいと納得しました。自分のキャリアアップのためにがんばりたいと思います」

「スコアはどうなっているのか」

「ＴＯＥＦＬは六月に受けた結果が五八七点で、六〇〇点を超えていません。ＧＭＡＴも未経験です」

正直に伝えた。

「ミス・トヨダは、ＴＯＥＦＬが六六〇点、ＧＭＡＴも七二〇点だったのは知っているね？」

「はい、私の勉強が遅れているのは、承知の上です。でも来年、必ず留学したいんです」

「まず、夏のうちにやっておくのは、受験校の願書を取り寄せておくこと。興味がある学校は全部、二十校ぐらい取り寄せておくといい。ＴＯＥＦＬとＧＭＡＴは、わかっていると思うが、まとめて来年の三月分まで申し込んで、毎月、受験しつづけること。出願した後でも、良い点数がとれれば、追加で送ればいいんだから」

試験の方は申し込んでいたが、願書を取り寄せるのは、すっかり忘れていた。

「TOEFLなどのスコアは最終的には重要ではない。最低限クリアすれば、あとはエッセイ勝負だ。エッセイで何を伝えるかだ。逆に、GMATで七〇〇点超えたから大丈夫と安心してしまって、落ちてしまう人が何と多いことか」

そして最後に、こう言った。

「あと一人、枠があったはずだから、君は私が担当する。秘書に空いている時間を聞いて、十月以降、エッセイを始めよう」

エッセイの第一関門はクリアした。デバリエ氏の枠は、すでにTOEFLやGMATで高得点を上げているらしい人たちで埋まっていた。最後の「デバリエ枠」だった。

初めてのＧＭＡＴ

ＧＭＡＴの勉強を本格的に開始したのは、一九九七年の八月からだった。ＴＯＥＦＬを受け始めて三ヶ月、英語の勉強にも慣れてきたころだ。ＥＴＳから出ているオフィシャルの過去問集を買って、英語と数学の問題を何回も解いてみる。ところが、数学の方は何とかなるのだが、英語の方はお手上げ状態。何回も解くと答えのパターンを覚えてくるのだが、なぜその答えになるのか、解説を読んでもきちんとわからない。

ＧＭＡＴ対策は、早々にインターフェイスの夏期講習に通うことにした。ＴＯＥＦＬは英語を母国語にしない人用のテストだが、ＧＭＡＴは英語を母国語にする人用の論理力を試すテスト。英語の単語力がない＋論理力が弱いという二重の苦しみで、まさに自分の限界への挑戦だった。

夏に受けたインターフェイスのＧＭＡＴ模試の結果は、五〇〇点ぐらいだったと思う。数学がそこそこ出来て、英語の方は相変わらずカン頼みだった。

夏までに、TOEFLは六〇〇点を突破し、GMATも十月の試験で六五〇点を目指す。そんな青写真を描き、寝る間も惜しんで勉強していたのだが、点数は一向に上がりそうもない。

もちろん、夏休みもすべて勉強。髪はボサボサ、服はスウェット。ごはんもほとんどコンビニだ。この夏の私の姿は、誰にも見せたくない。

「チエってやりだしたら、すごいよね。大学受験のときもすごかったけどさあ」

同居の妹キョウコが、あきれたように言う。高校三年のときも、寝る、食べる以外、ほとんど勉強していた「ガリ勉女」だったからだ。

ところが、TOEFLもGMATも努力だけで何とかなるものではない。TOEFLは、六月、七月、八月と受けたが、すべて六〇〇点を切っている。GMATも、数学はまだいいのだが、英語の方は、過去問を何回解いても間違えてばかりだった。夏期講習にも通ったが、成果は上がらなかった。

「焦りの夏」が過ぎて、秋。十月十六日。私にとって、最初のGMAT受験日がやってきた。

会場は、飯田橋の駅から目白通りを北へ十分ほど歩いたところにある真新しいビルの二階だった。試験の運用を請け負っている外資系会社の一角だ。

そこは試験会場というよりは、コンピュータールームという感じだ。土曜日の朝九時開始だったが、すでに数人の受験者が部屋の外で待っていた。いかにも大学生のような人から、三十代半ばかなという人までいる。女性も数人いた。最終的には、十人ぐらいの受験者が、身分証明書の確認と写真撮影をすませ、コンピュータールームに入っていった。

私は異様に緊張していた。コンピューターで試験を受けるのは初めてだったからだ。しかも、もう十月。年内に出願しないと合格は難しいと言われているのに、それまでにGMATを受けられるのは、この日を入れて三回だけ。一ヶ月に一回しか受験できないからだ（二〇一三年現在は年に五回と、さらに回数制限されている）。今回が勝負だ。これで六五〇点ぐらい出さなければ、かなり苦しくなる。というより足切りにあって出願さえできなくなるかもしれない。

試験は英作文から始まった。三十分ずつ二つの課題に答える。英作文は、択一形式の英語、数学とは別に、六段階で採点されるから、総合点には影響はない。しかし、あまりに低いと問題になるという。一つは「問題の分析」、もう一つは「議論の分析」が求められる。

「問題の分析」は、こんな課題だ。
「安物を製造するのは、『資源の無駄だ』という意見と、『コスト削減をしているわけだから消費者のためになっている』という二つの意見があります。あなたはどちらを支持しますか」(一九九七年当時のGMATのパンフレットより引用)
もう一つの「議論の分析」の方は、こんな課題だ。
「飛行機に、別の飛行機の接近を知らせる自動警報装置を設置すれば、空中での衝突事故は防止できるはずだという意見があります。これについて、あなたはどう思いますか。反対だったら反証を挙げ、正しいと思ったらなぜ正しいと思うのか、論理的に述べてください」(前出の同パンフレットより引用)
慣れないコンピューターと慣れない英作文。二問とも満足に書けないまま、一時間が終わってしまった。
数学は七十五分で三十七問の択一問題だ。画面に問題がランダムに出てきて、時間配分が難しい。正解するごとに、ちょっとずつ難易度があがって問題が出てくるのだ。しかし難しいといっても、数学は、高校レベルの内容がわかっていれば大丈夫。時間内に全部解けて、「これはイケル」とちょっといい気になってしまった。
そのいい気分もつかの間、最悪だったのが英語だ。七十五分四十一問。同じく択一だ。文法、論理力、長文読解の問題が、ランダムに出てくる。簡単な問題から始まるはずなのだが、私にとっては最初から難しかった。過去問はマスターしていたものの、なぜそれが正しいのか、根本的に理解していなかったのだ。完全にお手上げだった。

ＧＭＡＴの結果は、試験終了後、その場ですぐ見ることができる。結果は、六三〇点。数学はほとんど満点の九十七点で、英語は四十二点だった。英語がヤマカンでここまで取れたのは、ラッキーだった。合格ラインよりは低いが、ギリギリ足切りにはあわない点数だ。

このおよそ二週間後、九月に受験したＴＯＥＦＬの結果が来た。六一三点だ。六月から毎月受け続けて、やっと六〇〇点を超えた！　ＴＯＥＦＬもＧＭＡＴも最低ラインはクリア。これで何とか出願はできる。今後も受験は続けて、もっと高い点数が出れば、それで出願すればいい。

何はともあれ、次は課題エッセイだ。

デバリエ先生の愛とムチ

仕事の合間を縫うようにして、インターフェイスのエッセイ指導に通い始めたのは、TOEFLもGMATも何とか六〇〇点を超えた一九九七年十月だった。

ビジネススクールの受験は、TOEFL、GMATの合格ラインをクリアすれば、あとはエッセイ勝負だと言われている。

エッセイの課題は、なぜMBAを取得したいのかというオーソドックスな質問のほかに、履歴書からはわからない受験者の人柄や価値観を見るための質問が並ぶ。たとえば「あなたの最も好きな場所と、なぜ好きなのかという理由を二つあげてください」「あなたがこれまでの人生で成し遂げてきたことの中で、最も価値あるものは？」などの質問だ。

どの学校も、全部で五問ぐらいエッセイ問題が出る。単語数制限が設けられているので、各設問、A4の用紙にダブルスペースで一〜三ページというのが平均だ。

こうした課題に答えるには、自分の人生を振り返って、その中から何を伝えるのか、自己分析をしなくてはならない。本格的に自分を分析したのは、生まれて初めてだった。もちろん大学時代の就職活動のときには、自己分析をしたつもりだったが、学生と社会人では、社会に対する見方も違う。何より、ビジネススクールのエッセイ問題は、価値観そのものを問われるから、自分自身について深く考えさせるものが多い。

インターフェイスのエッセイ指導の第一回は履歴書作成から始まる。一回二時間の個人レッスンだ。デバリエ氏の部屋には、真中に大きなマックのパソコンが置いてあり、それに向かってデバリエ氏が座る。生徒は横に並んで座る。

「履歴書の草稿を持ってきてください」

事前にデバリエ氏からメールをもらって準備していたのだが、いわゆる学歴と職歴の箇条書きで、今から思えばかなり恥ずかしい草稿だった。職歴のところは一応英文履歴書の参考書を元に作成したが、番組名と担当業務を並べただけのひどいものだった。

デバリエ氏は、私が書いてきたデータをインターフェイスの履歴書フォーマットにパッパッと直しはじめた。学歴、職歴、賞、コミュニティー活動などがA４紙に一枚になっているものだ。

「履歴書で大事なのは、何にフォーカスして伝えるかだ」

デバリエ氏は、一つ一つの番組で、私が実際に何をしたのかを聞いていった。その上で、「これは載せよう」「これは重要ではない」と、見事に取捨選択してくれた。しかも、その判断がとても早い。

「この音楽番組で君は何人の人を指揮したの？」

「全部入れると百人ぐらいです」

「そういう経験こそ重要だ。ビジネススクールは未来のリーダーを求めているんだから」

番組名の下に、「百人のスタッフを指揮」と書き加えられる。

「このドイツでつくった番組では、スタッフにドイツ人もいたんでしょ？」

「共同制作だったので、技術系はドイツ人が多かったです」

次は「ドイツ人と日本人のスタッフを指揮して番組を制作」と入る。私の職歴の中で、デバリエ氏が強調したのは、人を動かして番組を制作した経験、新番組を立ち上げた経験、交渉力、国際性などだった。全部いいところを引き出してもらったと思う。

一回の指導で、日本語にすると気恥ずかしくなるような、素晴らしい履歴書が出来上がった。自分が社会人としてやってきたことを、ビジネススクール受験用に履歴書にまとめるとこうなるのかと自分でもビックリする。

履歴書は、提出先や目的によって内容も変えるべきものなんだ！

日本の市販の履歴書に慣れていた私にはとても新鮮な発見だった。おそらく、私がもしハーバードのケネディースクールのような公共政策の大学院を受験していたら、デバリエ氏は全く別の履歴書ができあがるように指導したことだろう。

履歴書が終わると、次は推薦状の草稿作りだ。推薦状は、上司や恩師など、地位の高い方々にお願いするため、なるべく負担にならないよう、英文の草稿を作っておくのだ。「こんな内容を書いていただけるとうれしい」という簡単な草稿だ。

推薦状はだいたい各校三通ほど必要だ。

「一人は大学時代の恩師、あとの二人は職場の元上司がいいだろう。女性、地位が高い人、受験校の卒業生であれば、なお望ましいが、君のことをよく知らない人は絶対ダメだ」

とはデバリエ氏の弁。エッセイや履歴書の内容を補完してくれるような推薦状が望ましいのだという。自分で自分を誉めるというのは何とも不思議な気分。

推薦状の草稿作りが終わって、やっとエッセイに取りかかる。どの学校のものから取りかかるかという順番はデバリエ氏が決める。私はハーバードとコロンビアが第一志望だと伝えてあったが、デバリエ氏は、とにかく多く出願することを勧めた。

「私はこの学校とこの学校しか行きませんと、頑固に一つ二つしか受けない人がいるが、日本人でそんなことをするのは、全く無謀だ。最低でも六、七校は受けないと。十校受けてもいいぐらいだ」

私が、メディアに強いUCLA、NYU、コロンビア大学、それからハーバード大学を挙げると、デバリエ氏は、シカゴ大学、ケロッグ(ノースウェスタン大学)、ミシガン大学、そしてスタンフォード大学も受けるように、とアドバイスした。ウォートン(ペンシルバニア大学)とMITは時間があれば、ということだった。

結局、全部で八校、シカゴ、NYU、ミシガン、ケロッグ、UCLA、コロンビア、ハーバード、スタンフォードの順で出願することになった。

「君はGMATの点数が低いから、点数を重視するハーバードやスタンフォードは最後に出願しよう。他に出願している間に点数が上がるかもしれないからね」

シカゴ大へ提出するエッセイ作りが始まった。デバリエ氏はこの学校のことをよく知っているらしく、「とにかく早く出願した方が有利だ」という。

エッセイの課題は、「なぜシカゴ大学でMBAを取得したいのですか。取得後、何をしたいのですか」といった定番問題に加え、「もしどんな賞でも貰《もら》えるとしたら、何賞が欲しいですか」「もし一生同じ年齢でいるとしたら、何歳を選びますか」という価値観問題だった。

賞については、オーソドックスにエミー賞が欲しいと書いた。テレビ番組のアカデミー賞だ。年齢については三十八歳と答えた。「いまからおよそ十年後の私は、MBAを取得していて、仕事は管理職、私生活では結婚して子どももいて、公私ともに最も充実していそうだから」というのが理由だ。デバリエ氏は、この二つのエッセイについては、表現方法を変えただけで、特に何も言わなかった。ところがだ。「MBA取得後、何をしたいのですか」という質問に対する私のエッセイが、彼をカンカンに怒らせてしまう。

「私はNHKを辞めて留学し、MBA取得後は起業して、新しい音楽チャンネルを立ち上げます」というような夢物語を書いたのだ。当時、私はNHKを辞めるかどうか迷っていたが、こう書いた方が「独立心の強い日本人」ということでウケると勝手に勘違いしたのだ。

デバリエ氏は、「これはゴミだ」と言って、放り投げた。

「日本人が会社を辞めるなんて非現実的だ！　こんなエッセイ、誰も読まない。本当に辞めたいと思っているのか！」

「いえ、出来ればNHKから派遣で行きたいと思っています」

「じゃあ、なぜそういう風に書かない！　留学後NHKに戻ってやりたいことがあるだろう。それを書くんだ！」

それはまさに激昂《げきこう》に近かった。シュンと小さくなる私。

次に取りかかったNYUのエッセイでも、私は大失敗をしてしまう。デバリエ氏は、度重なる私のヘタクソな英作文に相当いらだっていた。いつにもまして、機嫌が悪い。彼を再び激怒させたのは、「あなたがMBAを取得した後、管理職として、ある人を雇用しました。ところがこの人は半年経《た》っても満足に仕事もせず、いくら指導しても改善しません。あなたならどうしますか」というエッセイ問題だった。私は、「最近、私は、勤務態度が悪い外国人の契約アナウンサーに、番組から降板してもらいました」と自分の実体験を書き、「この場合も改善の余地がないわけだから、同じようにクビにするべきです」と書いた。「Fire（クビにする）」という単語を使って、まるで小学生の作文だ。

「クビにするなんて、よくそんな簡単に言えるな！　聞いているのは、そんなことじゃなくて、クビにしなくて済むように君が何をするかだろう！　君が雇ったんだよ。その人を」

あーあ。またゴミ箱行き。やり直しだ。さらに悪いことは重なる。私はこの日、「Foreigner」という単語を口にしてしまったのだ。この単語はデバリエ氏がこの世で最も嫌いな英単語の一つではないかと思う。

「二度とその単語を口にするな！　アメリカへ行けば、君がForeignerなんだぞ。そんなヤツは他の予備校へ行け！」

部屋から出ていけと言わんばかりの勢いだ。確かにデバリエ氏は正しかった。「Foreigner」という単語そのものが、アメリカでは、ネガティブなニュアンスを含む言葉らしく、知識人とされる人達の間ではほとんど使われないという。言われてみれば、アメリカへ提出する文書の中で、アメリカ人を含む「日本人以外の人」をあらわすのに「Foreigner」を使うのは変だ。そのかわりに、すべて「International person」などを使うそうだ。他にも、言葉遣いについては、かなり直された。

こういう細かい言葉遣いは、ネイティブで、しかもかなり高度な教育を受けた先生でなければわからない。同じ日本人でも日本語の文章力が違うように、英語も、文章や言葉遣いを見ると、その人の教育レベルまでわかるという。

トヨダが、インターフェイスを勧めたわけが、やっとわかった。ちなみに「インターフェイスはエッセイの文法直し屋ではない。カウンセリングの場所だ。文法直しがしてほしかったら、他の予備校へ行け！」というのはデバリエ氏の口癖だ。

後でわかったことだが、このように怒られたのは、私だけではないらしい。あるビジネススクールの合格者パーティーで、インターフェイス出身者だとわかると、デバリエ氏の話題で異常に盛り上がったのを覚えている。

「あなたもデバリエ（氏）ですか」

「私もですよ」

「確かに、我々が受かったのは、デバ（＝デバリエ氏の略）のおかげですけど、あの悪口雑言ぶりはすごいですよね」

「僕もその台詞《せりふ》、言われましたよ」

「あそこまで言わなくてもねえ」

鬼のいぬ間に言いたい放題だ！　しかし、デバリエ氏は、出来がいい人には怒らないそうだから、そこは自業自得《じごうじとく》なのかもしれない。

彼の厳しさは、アメリカ社会の象徴ではないかと思う。デバリエ氏を見ているとハーバードロースクールの厳しい競争を描いた映画「ペーパー・チェイス」を思い出してしまう。そうは言っても、怒らせなければ、普段はとてもいい先生だ。このあたりが非常に奥深い。メールでの相談には、必ず親身になって答えてくれるし、TOEF

LやGMATの点数が上がるたびに、「Congratulations!」と言ってくれる。

エッセイ指導を受けはじめておよそ二ヶ月後の十一月下旬。シカゴとNYUの二校の課題エッセイを書き終えた。十二月の締切日に間に合うように出願だ。

推薦状を依頼する

エッセイと同じぐらい重要だといわれているのが、実は推薦状だ。

私は、大学時代の恩師・小寺先生と、NHK衛星放送局の元上司である吉儀彰《よしぎあきら》プロデューサー、入局当時からお世話になっていた女性プロデューサーの三人に推薦状を依頼した。

小寺先生はいつもの調子で、「書いて欲しいことを教えておいてよね」と快く引き受けてくれた。女性プロデューサーは、「チエちゃん、辞めちゃうの?」とちょっと残念がりながらも、「がんばってね。絶対合格するよ」と快諾してくれた。

吉儀さんは、私がNHKで最も尊敬していたプロデューサーの一人だ。紅白歌合戦を長く担当した名物プロデューサーだった。運がいいことに私は、吉儀さんが退職される前に一年ほど衛星放送局で一緒に仕事をすることができた。吉儀さんは衛星第二の仕事を心から楽しんでいた。

「総合テレビから、衛星放送に異動になったとき、何か出世街道はずれたみたいな言い方をしたヤツがいるけど、バカだなあ。こんな自由で楽しいところないのに」

実際、吉儀さんはグローバルな感覚と大きなビジョンを持って、衛星第二で新しい形式の番組を次々と制作した。総合テレビではなかなか出来ないような番組だ。マドンナのコンサートの放映権を獲得するために、ワールドツアー中のマドンナを世界中追いかけたという逸話も有名だ。アジアの放送局を結んで生中継する音楽番組「アジアライブ」は、NHKと吉儀さんの両方がなければ実現しなかっただろう。「音楽で世界を結ぶ」というのを、理屈ではなく、実際に見せてくれた番組だった。いつも世界中を飛びまわっていて、ホワイトボードに書いてある行き先はたいてい海外だった。

実はこの大プロデューサー、音楽に詳しいわけではない。カラオケに一緒に行ったときも、持ち歌が一曲しかない。あとは聞いているだけなのだ。ところが、「この子はおもしろい」「この子はいい」と閃《ひらめ》いたアーティストは、スターになっていったから、天才的に人の本質を見抜く能力を持っていた。

衛星放送局で、当初私は、ドキュメンタリーなどを制作する情報番組班だったが、「音楽番組をやりたい」と希望を出していたら、吉儀さんが芸能番組班に引っ張ってくれたのだ。歌番組の演出やヤマハ主催のオーディション番組の審査員など、おもしろい仕事をたくさんやらせていただいた。審査員の仕事では、デビュー前の椎名林檎《しいなりんご》やaikoを見ることが出来たから、今となってはとても貴重な体験だったとつくづく思う。

一九九七年秋、私が推薦状をお願いしに行ったとき、吉儀さんは、NHKを定年退職され、ディレクTVというCS放送局の副社長を務めていた。NHKの子会社に天下りしないで、新しい会社に就職するなんて、吉儀さんらしい選択だ。

「おー、久しぶり。元気？　何、留学したいんだって？」

「そうです。MBAを取ろうと思って。ビジネスやリーダーシップといった社長になるための勉強をするんです」

「どこ行くの？　ニューヨークか？」

吉儀さんはニューヨークが大好きだった。

「もちろん。ニューヨークにあるコロンビア大学は受けますよ。ほかの学校もたくさん受けますけれど。UCLAとか。ただ、合格しても、NHKが行かせてくれるかわからないんですけれどね」

「それは楽しみだなあ。ニューヨークもロスも知り合いがいるから紹介するよ。受かったら、NHK辞めるの？」

「合格してから交渉です」

「そうか。でもやってること正しいぞ。これからの時代、絶対に役に立つからな」

日本のディレクTVは、米ディレクTV社と日本の松下電器産業（現パナソニック）などが出資した合弁会社だったが、立ち上がったばかりで吉儀さんも苦労されている様子だった（後にディレクTVはスカイパーフェクTV！〈現スカパー！〉に統合される）。

私が訪ねたときも、吉儀さんは朝からアメリカ人との会議、会議の連続で、相当辟易《へきえき》していた。細かいことは気にしないで、自分の信念で大きなことを進めていくことが得意だったから、ビジネスと数字重視で責めてくるアメリカ人を相手にするのは、相当きつかったと思う。

MBAについて、たぶん詳しいことはご存知なかったと思うが、吉儀さんなりのカンで、アメリカへ行ってビジネスを学んでくるというのは私にとって役に立つと感じてくださったようだ。

「NHKだって、これからこういうの必要だよなあ。がんばれ、応援するから。もし辞めることになったら、そのとき考えればいい」

ビジネススクールの受験は、とても孤独な作業だ。特に会社派遣でなければ、誰に望まれているわけでもなく、自分一人の信念で膨大な勉強をする。自分が向かっている方向が、本当に正しいのかさえ、わからないのに。

「やってること、正しいぞ」

吉儀さんの言葉は温かかった。

出願そして面接

出願書類に入れるのは、主に次のようなものだ。学校によって必要な書類は若干違っているので、受験の際は必ず一校一校チェックしてほしい（これは一九九七年当時のものです）。

◆カバーレター（応募書類の表紙となる手紙）
◆履歴書
◆エッセイ
◆各校指定のフォーマットの個人データフォーム
◆推薦状二、三通
◆大学時代の成績証明書、卒業証明書
◆財政証明書

◆受験料（バンクチェック）
◆国際返信用切手券
◆返信用ハガキ
◆TOEFLとGMATのスコアレポート（ETSから直送）

これだけの出願書類を揃《そろ》えるのは、一苦労だ。

カバーレターは、デバリエ氏が、素敵なフォーマットを作ってくれた。「女性をアピールした方がいいからね」と私の大きな〝スマイル〟写真入りだ。

履歴書、エッセイもインターフェイスで作成。

個人データフォームは、専用ソフト「Multi-App 1998 MBA Edition」をインターネットで買って記入。データを一つ打ちこむと、各校の指定フォーマットに自動的に交換してくれる便利なソフトだ。

カバーレター、履歴書、エッセイ、個人データフォームは、すべて同じA4紙でプリントアウトした。「紙はITO-YAで買うように」とデバリエ氏に指導されていたので、銀座の伊東屋に買いに行った。少し厚手の白か生成りの紙がいいそうだ。別に銘柄は何でもいいが安っぽい紙はダメだ。

推薦状は、前述したように、英文の草稿をインターフェイスでチェックしてもらった上で、大学時代の恩師と職場の元上司二人、計三人の方にお願いした。大学時代の成績証明書、卒業証明書は、それぞれ十〜二十通、早めにまとめて出身大学に申し込んでおく。大学に行けばすぐに取れるものだと思っていたら、結構時間がかかった。

ところで、大学時代の成績だが、これは良いにこしたことはない。TOEFL、GMAT、大学時代の成績は、いわゆるスコアとして総合的に評価される。私の場合、GMATが低かったが、大学時代の成績にかなり救われたと思う。

大学時代の成績はGPA（Grade Point Average）に換算して、所定の場所に記入する。GPAの計算方法は、優／A＝4点、良／B＝3点、可／C＝2点をそれぞれ科目の単位数に掛けて全部足したものを、四年間で取得した全単位数で割る。単純な例で説明すると、経済学がAで4単位、哲学がBで2単位、西洋史がCで4単位だった場合、分子は（4×4）＋（3×2）＋（2×4）＝30、分母は10単位で、GPAは30÷10＝3になる。一般に3・5以上が望ましいと言われている（私の場合は3・7だった）。

財政証明書は、実家に頼んで両親の口座の英文残高証明書を取ってもらった。さらにサポートレターにもサインしてもらった。サポートレターは「娘に二年間の留学中、〇万ドルを援助します」という内容を、サンプル文を元に、英文で作った。

バンクチェックは、銀行が発行するドル建ての小切手だが、シティバンクに口座があったので、すぐに作ってもらえた。

国際返信用切手券は渋谷郵便局で入手。返信用ハガキには、自分の住所ラベルを貼《は》っておく。

TOEFLは六一三点、GMATは六三〇点のスコアを送ってもらうよう、ETSにリクエストした。なお、TOEFLやGMATのスコアレポートは、主催団体ETSの所定の用紙に出願校名とクレジットカード番号などを記入して、FAXでリクエストする。ETSから出願校に直接オフィシャルスコアが送付される仕組みになっている。

TOEFLを複数回受験した場合は、次の三つを満たすスコアを選ぶ。まず総合点がいいこと、リスニングの点数がいいこと、そして三セクション全部が六〇点以上になっていることだ。たとえば、「総合点が六三三点、リスニングが五七点、文法六七点、リーディング六七点」よりは、「総合点が六二三点、リスニングが六二点、他が六〇点以上」という方が、印象がいいのだそうだ。学校によっては「各セクションで六〇点以上」と明確に指定しているところもあった。ＧＭＡＴの点数も、総合点が同じならば、英語パートの点が高い方を送るのが原則だ。

ＴＯＥＦＬ、ＧＭＡＴの試験勉強をしたり、エッセイを必死で書いたりしながら、こうした書類を揃えるための雑多な作業を進めていくのは、本当に大変だ。会社派遣の人たちは、留学準備に専念できるよう、業務にも配慮があるらしいが、私費留学の場合、そうはいかない。

いつも締め切りギリギリで、新宿センタービルのフェデラルエクスプレス（ＦｅｄＥｘ）にかけこんでいた。当時は平日の午後六時までに窓口に出せば、アメリカ時間の次の日には到着するＦｅｄＥｘが一番早くて確実な方法だった。

今から思えば、こんな大変な作業をどうして出来たのか、我ながらわからない。あの頃は「ＭＢＡ留学するんだ」という凄《すさ》まじい熱意と集中力があった。それでも予備校がなかったら、合格は不可能だったと思う。何校も受験するだけのペースもつかめないし、膨大な情報と膨大な作業の中で、何から手をつけていいのか、優先順位がわからない。とにかくインターフェイスについていったら全部出願できたという感じだった。同じようにＮＨＫを退職し、ＭＢＡ留学した友人の女性記者は、予備校に通わず、全部自分で準備したため、ほとんど寝る間もなかったそうだ。

出願は先手必勝だと言われる。しかし、私の場合、最初の出願となったシカゴ大学、NYUに必要書類を送ったのが十一月末。「先手」というにはギリギリのタイミングで、十二月に入るとすぐ、一息つく間もなくミシガン大学、ケロッグのエッセイにとりかかった。エッセイの作成は一つの学校が終わるたびに、スピードアップしていく。他の学校にも応用がきいてくるからだ。

それと同時に、十二月になると、面接が始まった。基本的に面接には書類に合格した人のみ招待される。

最初に面接の案内が来たのは、シカゴ大学だった。書類に合格したらしい。面接は、十二月初旬に帝国ホテルで行われた。アメリカから来日した面接官は、とても品のいい女性だった。

「英語がお上手ですね」

「ハッ、ハイ。ちょっとコスタリーカに住んでいたもので……」

私は初面接だったのと英語の面接ということで、興奮状態。聞かれてもいないことを得意げに話し、「メディアのマネジメントを勉強したい」と必要以上に強調してしまった。シカゴは経済学の理論で有名な学校で、メディアのプログラムなんかないのに。

「シカゴでも、もちろんそういう勉強は出来ますよ」

そう言いながら、面接官は複雑そうだった。「この子に合格を出しても、メディアに強い他の大学へ行くだろうな」というのがありありではないか。さらに私の暴走は止まらない。面接の最後で「あなたのような方に面接していただいて、うれしい。言いたいことをうまく引き出していただけました」と口走る始末。終わってから気づいたのだが、面接中の私は完全に我を失っていた。あーもう大失敗だ。私は「一方的にベラベラしゃべる落ち着きのない子」だった。

十二月中旬になるとミシガン大学の面接が行われた。面接官は日本人の卒業生だ。当時ミシガンは出願書類を送る前に面接が必須となっていた（現在は書類合格者のみ）。シカゴ大とは違って、ほとんど日本語での面接だったので、落ち着いて受けることができた。

面接官は、外資系の自動車メーカーの管理職の方で、自分の卒業校にとても誇りを持っていたのが印象的だった。ミシガン大の参考資料や、写真までわざわざ持ってきてくださったのだ。角帽をかぶった卒業式の写真やパーティーの写真は、夢のような学生生活の一コマ一コマを物語っていた。

その後、十二月末までに、ミシガン、ケロッグの両校に出願した。

GMATの点数は、最初に受けたときに出した六三〇点からのびなかったが、TOEFLは十一月の試験で六二三点に上がったので、ミシガンとケロッグにはこの点数で出願した。

相変わらずデバリエ氏は厳しかったが、私の英語力もちょっと上がってきたからか、怒られる回数も減ってきた。機嫌がいい日には、自分の家族の話なんかもするようになった。

何よりも泣けたのが、デバリエ氏からの一九九八年の年賀メール。

「君は必ずトップスクールに合格すると確信している。もし合格しなかったら、お金は返す」

合格通知

一九九八年一月初旬。五校目のUCLAに出願した。年末年始に追加でデバリエ氏にエッセイ指導をお願いしたため、エッセイの作成は順調にすすんでいた。

年明けは、面接ラッシュが予想された。年末に書類を提出したケロッグは、一月中旬の出願締切日前までに受けておかなければならないし、NYU、UCLA、コロンビア、ハーバードも書類に合格すれば、面接に呼ばれるはずだ。

一月中旬。ケロッグの面接を次の日に控えて、念のためインターフェイスで面接トレーニングを受けた。面接は一部英語だと聞いていたからだ。シカゴ大のときのような失敗はもう許されない。

担当してくれたのは新しく入ったばかりの先生だった。英語での模擬面接をビデオで録画する。

「なぜMBAを取得したいのですか」

お決まりの質問に答えていく。ところが、録画された私の顔を見て、驚いた。キャー！　顔がひきつっている。私、コワイ顔だ。

「緊張しすぎだよ。リラックス、リラックス。ありのままのあなたを出して！　今度はカメラなしでやってみよう」

ところがこれが、ウソだった。実は隠し撮りしていたのだ！

「こっちの方がずっといいよね」

隠し撮りバージョンは、いつもの私らしかった。ちょっと愛想がよすぎて気持ち悪かったが、顔がひきつっているよりはましだったので、このバージョンで面接に臨むことにした。

ケロッグの面接官は、広告代理店のマーケティング局で活躍されている卒業生だった。面接は築地にある本社の会議室で行われた。

昨日の面接トレーニングの威力を発揮しなくては！　最初は日本語だったが、一部、英語での応答となった。練習しておいてよかった。放送業界からのMBAということで興味も持っていただき、面接は、順調に進んだ。

二月、NYUの書類審査に通り、ニューヨークから男性の面接官が来日。新宿のホテルで面接が行われた。非常に興味深く私の職歴について聞いてくれ、好感触だ。私もエンターテインメントに関する授業や業界への就職状況について、詳しく質問した。

三月に入ると、年明けすぐに出願したUCLAの面接官が来日した。デバリエ氏に面接の招待状が来たと伝える。

「面接官の名前は？」

「ミスター・ラトレッジです」

「その面接官はスペイン語が出来るから、スペイン語で質問されるかもよ」

それは大変だ。大学を卒業してからめったに使わなくなっていたのに、履歴書には、ちゃっかり「スペイン語話せます」と書いてあるからだ。しかも、UCLAのエッセイには、コスタリカに住んでいたころの経験も、しっかり書いてある。スペイン語で自己紹介だけは練習しておこう。

面接は、UCLA（ビジネススクール）の卒業生が社長を務める企業の一室で行われた。デバリエ氏の予言どおり、スペイン語で話しかけられた。ラッキーだったのは、そのスペイン語が簡単だったことだ。

「コスタリカに四年住んでいましたが、近頃はスペイン語もあまり使わないので、ちょっと忘れています。でも今日はスペイン語の能力を見るための面接じゃないですよね？」

スペイン語で答えて、笑ってごまかす。ドキドキ。

「もちろん。英語に戻しましょう」

ほっ。

「著書があるそうですね。今日持ってきていますか」

えー！　そんなこと、聞いてないよ。

「あなたの前に面接した広告代理店の受験生は、いろいろなものを持ってきましたよ」

「余分なものは一切受け取らないと出願書類に書いてあったので、面接の際もダメだと思っていました。OKだと知ってましたら、著書でもビデオでも持ってきましたのに。ほほほ」

再び、笑ってごまかす私。大丈夫だろうか、UCLA？　それでも、面接が終わったとき、ラトレッジ氏はしっかり握手してくれた。

面接と平行して、残る三校用のエッセイを作成し続けた。一月末にコロンビア、二月にハーバード、三月にスタンフォードへ出願し、全受験校への書類提出を終えた。

最終的にTOEFL、GMATは、受け続けていたら、三月までにGMATは六四〇点、TOEFLは六三三点に上がった。

TOEFLは九回（！）受験して五八七点から六三三点、リスニングも五三点から六四点まで上がったが、GMATの点数はほとんど上がらなかった。

TOEFLは慣れの要素が大きい。勉強をすればするほどスコアが上がっていく。階段のように上がっていくので「点数が上がらない苦しみ」を乗り越えると、あるときすっと伸びていく。私の場合、まずは六〇〇点（現在の一〇〇点）の壁を越えるのに三ヶ月。次にリスニング六〇点（二六点）の壁を越えるのには、五ヶ月もかかった。

ビジネススクールの受験には二年必要というのは、自分でやってみて納得した。私の場合、TOEFLもGMATもスコアが上がるたびに追送するという綱渡りだったからだ。

合格通知が次々に届き始めたのは、三月だ。NYU、ケロッグ、ミシガン、UCLAの四校。NYU、UCLAは、面接の際、エンターテインメント業界の話で盛り上がり、好感触だったので、「もしかしたら？」とちょっと期待していたが、ケロッグとミシガンも受かるなんて、夢にも思っていなかった。

そして四月に入って、突然コロンビアから合格通知が来たのには驚いた。コロンビアは、半分あきらめていた。結構TOEFLやGMATの点数重視だと聞いていたし、面接必須と書いてあるのに、その案内も来なかったので、書類で落ちたと思っていたのだ。

忘れもしない、四月の中旬頃、いつものように（？）酔っ払って帰ってきたら、何やらコロンビアから分厚い郵便物が届いている。不合格通知はペラペラの手紙だから、「まさか！」と思いつつ開けてみたら合格通知らしかった。

「らしかった」というのは、手紙の冒頭が、こんな風に始まっていたからだ。

「ディアー・ミスター・サトウ」

これって私？　それとも何かの間違い？　コロンビアに直接電話して確認してみる。

「あのー、今日ミスターで始まる合格通知を受け取ったのですが、私、女なんですが、私でいいんでしょうか？」

「オー、ウーマン・イズ・ベター。あなたは確実に合格していますよ」

悪びれる様子もなく答えが返ってくる。何と例外で面接なしで受かってしまったらしい。

「えー、ウソみたい！」

酔っ払っているから、余計に調子がいい。

「チエ、やるじゃん」と同居の妹キョウコ。

それにしても、なぜ合格したんだろう。もしかして、あの秘策が効果を発揮したのかも？　秘策というのは、願書の写真だ。かなり気合を入れたのだ（写真はオプションで貼りつけても貼りつけなくてもいい）。

コロンビアと言えば、歌手のローリン・ヒルなど有名人を多く合格させている。そこで私は、自ら出演した数少ない番組の中から、自分の顔が一番よく写っているところをビデオプリントしたのだ！　ちゃんと日本語で名前のテロップまでついているから、有名人ぽいではないか。秘策の効果かどうかは別にして、何が幸いするかわからないから、やるだけやってみるものだ。

コロンビアからの合格通知のあと、私、全勝？　といい気になったのもつかの間、シカゴ、ハーバード、スタンフォードから不合格通知が来た。

シカゴは、学校そのものに私がマッチしていなかった。面接で失敗したのも大きい。ハーバード、スタンフォードは、GMATの点数が足りなかったのが、最大の原因だ。年内に出願しても、このGMATの点数ではダメだっただろう。

八校受験して五校合格。一九九七年の五月に決心してから勉強をはじめて、およそ半年で出願という短期決戦だったが、何とか満足のいく結果を残すことができた。

コロンビアは第一希望だったが、実際に五校受かってみると、私の心は揺れた。特にケロッグとミシガンはビジネススクールランキングで上位になることも多く、日本の財界人の間でも評判がよかった。

デバリエ氏が「実際に見学してみるのが一番だ」とアドバイスしてくれたので、有給休暇をとって渡米することにした。

ケロッグ、ミシガンは、ともに日本人の在校生がとても親切に校内を案内してくださった。

ケロッグはシカゴから二十キロほど離れたエバンストンという小さな街にある。ここで、日本人学生の方々に大歓迎を受けて、「私、合格したんだ!」という実感が初めて湧《わ》いてきた。マーケティングの神様と言われる有名教授の授業に参加させてもらったり、朝までカラオケにつきあっていただいたり。アメリカ人の学生も、気さくでいい人が多かった。調子のいい私はベロベロに酔っ払ってガンガン歌い尽した末、エバンストンを去る頃には「ケロッグに行きます」と大声で叫んでいた(ケロッグの皆様、ごめんなさい)。

ミシガンは、典型的なアメリカの大学だった。広大な敷地の中にあるキャンパスは、校舎と芝生のコントラストが美しい。こちらも、日本人学生の方が、とても親切に校内はもちろんのこと、ご自宅まで案内してくださった。

コロンビアは、在校生の連絡の仕方がわからなかったので、ただ学校を見に行った。校門の近くに桜が咲いていて、映画でよく見るキャンパス風景が広がっていた。それがなぜかとても印象に残った。

ケロッグ、ミシガン、コロンビア——最後は初志貫徹でコロンビアに決めた。ニューヨークという街が、私を呼んでいるような気がした。

お金がない

テレビ局のディレクターというのは、とてもストレスが多い仕事だ。夜中まで働くし、泊まり勤務もある。休日なんてあってないようなものだ。放送時間までには絶対に仕上げなくてはいけないという「時間のプレッシャー」はものすごい。下っ端の雑用はやたらに多いし、新人のAD時代など、上司にポケベル（なつかしい！）で呼ばれて急いで駆けつけると、「タバコ買ってきて」なんてしょっちゅう。上下関係が厳しい体育会系社会だ。

私は、自分の中に溜《た》まって溢《あふ》れ出しそうな日々のストレスを「酒とカラオケとショッピング」で解消していた。まるでオヤジだ。特にショッピングはすごかった。休みになると、デパートへフラフラ出かけていっては、ボーナス一括払いやらリボ払いで、洋服やバッグを買いあさった。アイドルが着るようなフリフリのワンピースや、コム・デ・ギャルソンやイッセイミヤケの服で全身を固め、ルイ・ヴィトンの重いバッグを持って、局に通った。「踊り子が来たかと思った！」と言われたこともある。仕事が大変な分、「かわいくしなくっちゃ」というのが、私のポリシーだった。

だから、いざ、留学というのに、もちろんお金はない。MBA留学というのは、途方もないほどのお金がかかる。まずは、留学前の予備校の費用で百万円から二百万円ぐらい、TOEFL、GMATの受験料など諸費用は五十万円ぐらいかかる。

ビジネススクールの授業料が、二年間で六万ドルほど、アパートの費用などを入れて生活費が五万〜六万ドルはかかる。コロンビアなど私立のビジネススクールの場合、最低でも総額千五百万円は覚悟しておいた方がいい（二〇一三年現在、授業料は、二年間で約十万〜十二万ドルに値上がりしている。生活費を入れて、総額二千万円は必要と言われている）。

何とかして、「家が建つほどのお金」を工面しなくてはならない。最初に考えたのは、家の中の金目のモノを売り払うことだ（単純な発想だ！）。重くて持てないルイ・ヴィトンのバッグや、一回も使わなかったエルメスの手帳など、ありとあらゆるものを売り払った。しかも、数軒まわって一番高く値をつけてくれた四谷の質屋に売った。

ところが、その店を出たところに、何と、テレビ局の取材チームが待ち構えていた。

「あのー、フジテレビですけれど」

はっ、はずかしい！

「すみません、他局の職員ですので。ごめんなさい」

逃げる、逃げる。こんなところを親が見たら、泣いてしまうだろう。

洋服は、洋服専門のリサイクルショップ、本は古本屋、CDは中古CD屋、売れるものは、全部売った。モノを売り払うと、家の中がすっきりした。自分の心もすっきりした。モノなんて、何てむなしいんだ！　しかも、モノを売り払ったところで、手に入るお金なんて微々たるもの。

次に考えたのは、もちろん奨学金だ。赤坂の日米教育委員会の図書室へ行って、日本人留学生用の奨学金のリストを入手し片っぱしから電話してみる。ところが、女性はダメだったり、ビジネススクール留学はダメだったりで、申し込みが出来る奨学金は二つだけだった。フルブライトやロータリークラブはタイミングを逸してしまって、応募できなかったからだ。やっと申し込みができた奨学金も見事に落選。大学時代の恩師、小寺先生に聞いた話では、奨学金は純粋に学術研究を目的とする留学生を対象としていることが多いそうだ。ビジネススクールの学生は、卒業後、高給が保証されているのだから、「授業料は借りてください」ということのようだ。

しょうがない。奨学金がダメなら、次は教育ローンだ！　国民金融公庫で、低利で二百万円借りられた。が、これでは全然足りない。日本の都市銀行へ行って、教育ローンを申し込もうとしたが、どの銀行も「日本の学校でないと。アメリカの学校はダメです」という返事だった。

自分たちの銀行から、社員をたくさんMBA留学させているのに、どういうこと？　唯一《ゆいいつ》シティバンクに、当時、留学生向けのローンがあり（それも現在はなくなってしまったが）、十年ローンで数百万借りることができた。恥ずかしながら、最後のとりでは親ローンだった。

「私、生まれてから、ずっと公立じゃない？　浪人もしてないから、キョウコ（妹）よりも、安上がりでしょ？　貸してよお。絶対に返すから」

さすがに両親も授業料の高さに、目をむいていたが、アメリカでもトップのビジネススクールに合格したこともあって、最後は快く貸してくれた。

「家の屋根や門を直しただけで数百万かかる。それよりは教育に使う方がよっぽど意味がある」と母は言ってくれた。

父のなけなしの退職金からだった。

三十歳で仕事を辞めるということ

一九九八年四月。コロンビアビジネススクールに合格後まもなく、私は何とかNHKの派遣制度を利用して留学できないかと、担当の部長に相談してみた。将来に対する不安から、というのもあるが、コロンビアでビジネスやリーダーシップを学んで、さらに国際的な人脈をつくって帰国すれば、絶対にNHKにとって役に立つという自信があったからだ。派遣が無理なら、「給料はいらないから、せめて休職を認めてほしい」という気持ちだった。

なぜなら、NHKの仕事が好きだったからだ。できることなら、NHKもMBAも両方とりたかった。

ビジネススクールの受験の際、「MBA取得後、何をやりたいですか」というエッセイ問題に、私は一貫して「世界に通用するソフトを制作したい」と書いてきた。ソフトは映像であっても、文学であっても、何でもいい。人間の心を揺さぶるものだ。

エッセイを書きながら「私は本当に何をやりたいの？」という自問を繰り返した結論だった。

「ソフトは国境に縛られるべきではない。グローバルなソフトを日本から発信したい」

こんな野心がむくむくと湧いてきたのだ。

私は「MBA取得がどれだけNHKにとってプラスになるか」というテーマで、壮大な志望書を書いて、提出してみた。部長は「人事部に聞いてみます」と言ったものの、私の熱意とは裏腹に、明らかに面倒くさそうだった。

数日後、部長はロボットのように人事部の見解を伝えた。

「結論から言うと、認められません」

〝人事部の海外派遣者選考は終わっているから、個別の留学希望に関しては考慮しない〟というのと、〝正規に応募したとしても、二年の大学院留学は規則上認められない〟という二つが、大きな理由だった。過去に、特例で二年間アメリカの大学院に留学した女性アナウンサーの話を聞いていたので、その話をぶつけてみる。

「私も、その人と同じように、特例を認めてもらえませんか」

「もう、そういう例外は認められません」

「お給料はいりませんから、せめて休職を認めてもらえませんか。NHKを辞めたくないんです」

「留学による休職は認められません」

ロボット部長は、無表情に答えた。

私は一九九九年一月入学のMBAプログラムに合格していた。一年半でMBAを取得できるコースだ。コロンビアから合格通知をもらってから八ヶ月間、ギリギリまでねばって交渉してみたが、何も進展しなかった。

一九九八年十二月。まさに辞めようとしていたとき、信頼していた上司たちに引き止められた。NHKは大きな組織なので、ロボットだけではなく、ちゃんと血の通った人間もたくさんいるのだ！ 私が七年半もディレクターを続けられたのは、こうした人間的に尊敬できる上司や同僚に支えられたのが大きい。

「入学を一年延ばせば、局から派遣で行けるかもしれないよ。来年の人事部の募集に賭《か》けてみないか」

確かに、人事部がダメだといった理由の一つ、「正式な応募ではない」という点は留学を延期すればクリアできる。あとは、二年という期間の問題だろう。私は、この人間的な上司の言葉に賭けてみることにした。コロンビアに事情を説明すると、入学延期を認めてくれた。

それからの一年間、私は、ここぞとばかりに働いた。仕事でもっと認められれば、留学させてもらえるかもしれない……その一心だった。実際、入学を延期して会社と交渉し、企業派遣でハーバードへMBA留学した人の例を、友人のトヨダから聞いていた。

ところが、NHKは、そこまでMBA留学の価値を認めていなかった。一九九九年の春。人事部の海外派遣者選考に正式に応募したが、結局、「二年の大学院留学は認められません」という理由で落選。無給の休職も認められないといういかにも官僚的な回答だった。やっぱり辞めるしかないのか……。

一九九九年十二月。コロンビアに合格してから一年半。留学へのデッドラインがせまっていた。しかし、いざNHKを辞めるとなると、私の心は相当揺れた。MBAってNHKを辞めて、巨額の借金を抱えてまで取得する価値のあるもの？　局の上司たちからは、再び、引き止められる。

「あと三年がんばれば、海外特派員だって可能性があるんだから。それを待てばいいじゃないか」

でも三年後のことなんか、だれが保証してくれるのだろう。一年延ばしても、留学できなかったし、何よりも「あなたなら留学できる」と言われて入局したものの、七年も留学できないままだった。逆に、いま辞めなかったら私の人生はどうなるのか、考えてみた。もう転職のチャンスはなくなり、一生NHKにしがみついて生きる人生だろう。うまくいって、海外特派員を数年やって、あとは、そこそこの女性管理職としてニュースや番組を制作して、うまくいけば解説委員にでもなって定年を迎えることだろう。私の今後の人生が、全部、キレイに見えてくる。NHKの仕事は好きだったが冒険のない人生ほどつまらないものはない。

辞めないというのは、実はすごく勇気のいることだと思った。一生を一つの会社（組織）に捧《ささ》げる人生を選ぶ。これも勇気ある選択だ。

両親、友人や恩師など、いろいろな人に相談してみる。おもしろいことに男性はほとんど、NHKに残ることを勧めた。

「MBA取っても、日本人女性は給料が下がるケースが多い」

「留学してもステップアップにならない」

「NHKを辞めるなんて、もったいない」

確かにそうだろう。でも今、MBA留学しなかったら、絶対に後悔するだろうと思った。NHKにいながら、「あの時留学していたら」と未練がましく思うよりも、退職後、イヤなことがあったって「留学したんだから、後悔しない」と前へ進む方がいい。

逆に女性は、大学の先輩、友人ともにMBA留学について肯定的だった。特にMBAを取得している女性は「必ず新しい人生が開ける」と応援してくれた。

ここまでの事情をよく知っている恩師の小寺先生も、留学に肯定的だった。

「君もよく交渉したよ。ここまでがんばってダメだったんだから、辞めてもしょうがないね」

両親は「好きにしなさい」と言った。海外赴任が長かったから、MBAの価値については理解があった。

えーい、辞めちゃえ！

偶然にも、一九九九年は、NHKを退職してMBA留学した人が、私を含めて三人いた。一人は、アナウンサーを辞めてケロッグへ、一人は、記者を辞めてUCバークレーへ、そして私は、ディレクターを辞めてコロンビアへ。

全員三十代の女性だった。

一九九九年の十二月、退職届を出したら、妙にすっきりした。もっと早く辞めてもよかったのかなとも思った。

Ⅲ　コロンビアビジネススクール白書

念願の渡米

一九九九年十二月十二日は私の留学記念日だ。

荷物をつめるのがヘタで、普段、旅行するときも大量の荷物を持っていく私だが、この日はさらにすごかった。ギリギリまでニュースのリポートの仕事をしていた私は、何の準備もしていなかったのだ。必要そうなものを、詰められるだけ詰める。冬なので、コートなどの荷物がかさばって、大小のトランク二つに、ショルダーバッグの手荷物が三つぐらいあっただろうか。残りの荷物は住所が決まってから、母に送ってもらうことになっている。

ユナイテッド航空の八〇〇便ニューヨーク行は何度か乗っているが、この日はやはり特別な気分だった。私は、留学記念日にちなんで、米系の航空会社を選び、自分にビジネスクラスをプレゼントした。というとかっこいいが、もちろん正規運賃ではなく、マイレージによるアップグレードだ。こういうときのために、ユナイテッド航空提携のクレジットカードでせっせとショッピングして、マイレージを貯《た》めていたのだ。浪費癖がこんなところで役に立つなんて！

「これからはビジネスクラスで世界を飛びまわるような仕事ができますように」という願いを込める。生まれて初めてアメリカに住むということに、私は興奮していた。シャンパンなぞ飲んで、一人で盛り上がる。何と言っても仕事を辞めた解放感がたまらない。ローン抱えて、こんなことを言うのもなんだが、仕事を辞めるっていうのは、何て気持ちがいいことなのかと思う。私は自由だ！　待ちうける勉強のことなんかソッチノケで、どんなアパートに住もうかしら、大晦日《おおみそか》は何しようかしら等、楽しいことばかり考えていた。

ニューヨークでは、最初の一週間ほど、中田さん宅にお世話になることになった。以前ニューヨークに住んでいた友人一家に紹介していただいたのだ。当時、日系商社の重役だった中田さんは、ニューヨークに知り合いがいない私を快く受け入れてくださった。ハリーというニックネームを持ち、奥さん、娘さんとともにアメリカに永住されている。

ニュージャージーの中田さん宅からマンハッタンまで車で一時間余り。通勤に合わせて送っていただき、帰りも便乗させていただくという毎日だった。銀行口座を開いたり、ソーシャルセキュリティーナンバー（納税者番号）を申請したり、携帯電話を買ったり、何かと忙しい。

いちばん困ったのが、アパート探しだった。コロンビアビジネススクールは、私にとっては本当に理想的な学校だったが、住宅事情だけは最悪だった。たとえば、ケロッグは、大学の敷地内にビジネススクール専用の学生寮がある。十分な広さのある個室で、しかも安くてきれい。恵まれた住環境だ。それに比べて、コロンビアの学生寮は、「独身はアパートシェア（二～三人で一つのアパートを共有する）」という条件だ。大学がキャンパス周辺のアパートを借り上げて、学生に安く貸し出しているのだが、建物が古かったり、日が当たらなかったり、あまり良い物件はない。しかも早い者勝ちなので限られた「良いアパート」に入るには、大学のレンタルオフィスに粘り強く通うしかない。

家族がいる人は、シェアではなく1LDKや2LDKのアパートを貸してもらえるので、ヨーロッパや中国からの留学生などは「フィアンセがもうすぐ来る」などと適当なことを言って、ちゃっかり広くて安いアパートに一人で住んでいた。しかしそんなこと、私には思いつかない。早々に大学のアパートはあきらめた。慣れない環境で勉強に集中しなくてはいけないのに、知らない学生とアパートをシェアしてトラブルになるのもイヤだった。

仕方なく、日系の不動産会社に連絡して探すことにした。一日に二つ三つ物件を見せてくれるのだが、とにかく目が飛び出るほど高い。不動産会社の仲介料も異常に高い。一年間の家賃の一五パーセントだ。家賃の上限は一ヶ月千五百ドルと決めていたのだが、その予算では、みすぼらしい小屋のようなアパートしか見せてくれない。業者は、作戦として「高くて素敵なアパート、安くて悲惨なアパート」を組み合わせて紹介する。うー。こんな作戦に乗らないぞー、乗らないぞーと思うが十二月のニューヨークは、半端《はんぱ》じゃなく寒いし、風も強い。複数の不動産会社をまわるのも、アパートをまわるのもつらい。

そんなとき、数日前に連絡した日本人ブローカーが電話してきた。ちょっとあやしげなおじさんだ。紹介された物件は、日本人の有名な歌手が昔住んでいたという噂《うわさ》の、ミッドタウンの高層アパート。現在も日本人が多く住んでいる。案内された六階の部屋は、うなぎの寝床のように細長かった。東向きなのにあまり日も当たらない。イマイチだが、掘建て小屋のようなアパートを見続けた後だと天国に見えた。ブローカーのおじさんも「たまたまここが今日空いたんですよね。明日にはなくなっちゃいますよ。ニューヨークはいま物件が少ないですからねえ」と調子がいい。

「ここに決めます！」すでに家賃の感覚が麻痺していた私は、結局、一ヶ月千八百ドルもする「うなぎの寝床」に決めた（しかしこのアパート、とんでもない不良物件だったのである！　このトラブルについては後に紹介する）。

「住むのは一年半だし、家賃は卒業してから、ゆっくり返していけばいいや。ローンがちょっと増えるだけじゃない」等々、言い訳をたくさん考える。ところが決めたはいいが、私はまたもや大失敗をしてしまう。契約するのに、手持ちのドルが足りないのである。この物件には、日本人のあやしいおじさんに加えて、アパートに常駐しているアメリカ人の怖そうなおばちゃん、二人のブローカーがいた。私からの仲介料は折半するのだそうだ。アパート内のおばちゃんのオフィスで、契約に必要な手続きの説明を受ける。

「あーら、あなたコロンビアビジネススクールなの？　優秀ね。私も○○のMBAよ」

えらく誇らしげだったが、○○がどこだったか忘れてしまった。

「一年分の家賃プラスその一五パーセントの仲介料、合計二万五千ドルを前払いしてください。一週間以内にお願いします」学生だから、月払いはダメだというのだ。

「もう少し待ってもらえませんか。いま手持ちのドルがないんです」

「ダメです。期日までに払わないと、この物件は押さえられませんからね」

おばちゃん、取り付く島もない。シティバンクに電話して、日本のドル口座からアメリカの口座にお金を振りこんでもらうように頼む。が、その登録手続きに数週間かかるという。えっ、電話一本で送金できるんじゃないんですか？　電話一本はその数週間の登録作業後のことだそうだ。シティバンクとケンカしそうになる。親からの臨時送金などで、何とか払うことができた。学校も始まっていないのに、こんなトラブルで幸先悪い。そう思いながらも、一ヶ月後に始まる学校への期待は膨らんでいた。

中田さん宅に一週間お世話になった後は、コロンビアビジネススクールの一年先輩であるヒロコさんのアパートを借りた。ちょうど冬休みで旅行中だったのだ。ヒロコさんは、私と同じ私費留学で、外資系のマスコミ出身だ。渡米前に合格者が集まるパーティーでお会いし、「私費でマスコミ出身」という共通点から、とても親近感を抱いていた。

彼女の部屋は、私が決めた「うなぎの寝床」よりも一回り広い部屋で、日当たりもいい。あまり人のお宅をジロジロ見まわしてはいけないと思うのだが、本棚に並んでいる本がビジネススクールライフを物語っている。分厚い英語の教科書に、日本語のマーケティングや会計の本。コンサルティングや投資銀行についての就職関係の本もある。マスコミ出身のヒロコさんがこんな難しそうな財務の本を読んできたんだ、と驚く。在学中にアメリカの保険会社でインターン（学生の企業研修）をして、その後、就職活動。有名な投資銀行をはじめ、数社から内定を貰《もら》っているという。マスコミからの華麗なる転身だ。私の一年後は、どうなっているんだろう？「就職は、やっぱり投資銀行かコンサルティングよね！」なんて、一丁前に言っているんだろうか。

ヒロコさんが旅行から帰ってきて、私は日本からニューヨークに遊びにきている友人とホテルをシェアすることにした。渡米してから二回目の移動。トランク二つに山のようなカバン。アパート難民の気分だ。あんなに早く前払いさせておきながら、うなぎの寝床アパートに入居できるのは、一ヶ月後だからだ。

ホテルはミッドタウンの便利な場所にあり、五番街にも歩いて行ける。年末のニューヨークは初めてだが、生で見るクリスマスのイルミネーションが美しい。ロックフェラーセンターのクリスマスツリーの前で写真を撮ったり、コロンビア大学のキャンパスを見学したり、友人と一緒に大晦日までオノボリサンのような観光をしていた。

二〇〇〇年一月一日。記念すべきこの日に、私はニューヨークのタイムズスクエア近くにいた。あまりの人の多さで、途中で動けなくなり、タイムズスクエアまでたどりつけなかったのだ。

「スリー、ツー、ワン ハッピーニューイヤー！」カウントダウンとともに、タイムズスクエアに大きな花火があがる。チビの私は大きなアメリカ人の人ごみの中で押しつぶされそうになる。午前零時をちょっと過ぎて、やっとたどりついたタイムズスクエアには、毎年、テレビでよく見ていた風景が広がっていた。その中に自分がいるなんて、不思議な気分だ。

二〇〇〇年の始まりをニューヨークで迎えられる——まるで夢を見ているようだった。タイムズスクエアでカウントダウンとは、ちょっと田舎モノっぽいが、ゲンをかつぐ私にとっては何事も始まりが肝心だった。

人ごみの中で、思いっきり背伸びをしながら、花火を見上げる私は、その時の自分そのものだった。凍えそうな寒さと人の熱気の中で、「世界にはばたきたい」という野心だけが私を支えていた。

カルチャーショックで幕あけ

「ハーイ、わたしチエでーす。日本から来ました」

二〇〇〇年一月中旬。コロンビアビジネススクールのオリエンテーションが始まった。一月入学の学生およそ二百人が初めて顔を合わせる。学校には、九月入学の学生が五百人、一月入学の学生が二百人、合計七百人が一年間に入学する。九月入学生は三ヶ月の夏休みにインターンをして、二年でMBAを取得する。一月入学生は夏休みなし、一年半でMBAを取得する。

一月入学の学生は、比較的社会人経験が長い人が多いと聞いた。私のクラスは、クラスターX。コロンビアでは、なぜかクラスのことを「クラスター」と呼ぶ。一月入学生は、クラスターX、Y、Zという三クラスに分けられている。一クラス、およそ六十人だ。

オリエンテーションは、一週間にわたって行われる。単位の取得の仕方といった通常の説明会に加えて、学生と学生が仲良くなるように、ゲーム、パーティーなどが織りこまれている。自己紹介マシーンになったように、あいさつを繰り返して握手するのだ。

「名前、どう読むの？」名札を見て聞かれる。私の名前は、Chieと書くのだが、どうもスペルと発音が一致しないらしく、「チャイ」や「チー」と呼ばれ、「えっ、あたし？」とキョロキョロすることもしょっちゅうだった。

オリエンテーションでは、西洋社会の様式をはじめて経験した。毎日のように立食パーティーがあり、ビールやワインを飲みながら人の輪を移動して自己紹介していく。

この移動の仕方が難しい。なぜなら所詮《しょせん》知らないもの同士。話のネタも尽きてくるわけだ。しかも輪によって話題の傾向が違うので、加わったはいいが、最初の「ハーイ」だけで後は話の内容についていけず、貝のように黙っちゃったりする場合だってある。輪に加わったり、抜けたりするタイミングがポイントで、いまだに私は苦手だ。

その点、欧米人はうまい。

「それでは僕はちょっと失礼。今後ともよろしく」とスマートに抜けて、次の輪に移動する。私はと言えば「あーもうこの人たちと話尽きちゃった。どうしよう。次どこへ行こうか」と、まず目が泳ぐ。しょうがないから、ガブガブっと、ワインを飲み干し「ごめんなさい。飲み物がなくなったから、取って来る」と言って、やっと抜ける。欧米の社交界（?）というのは疲れるものだ。

オリエンテーションが終わると早速授業が始まるのだが、最初のころは、このようなカルチャーショックの連続だった。たとえば通学ルック。私の通学姿は、今思うと、ちょっと人には見せたくないようなものだった。洋服はほとんど売り払ってしまったから、毎日同じような格好。古びたジーンズ、セーター、コート、帽子、手袋（＋バシャツ）……まあこれはこれでアメリカの学生っぽくてよかったのだが、恥ずかしかったのが荷物の多さだ。授業で使う教科書や副読本が百科事典のように重い上、パソコンも持っていかなければならない。本を入れた特大リュックを背負い、手には大きなパソコン用バッグ。すると、背が小さい私は、まるで大荷物が歩いているようになってしまった。本当は一つのカバンにまとめたかったのだが、全部入れると、腰が痛くなるぐらい重くて持てない。キャスター付のリュックも試してみたが、思いのほか、コロンビアは階段が多く、ダメだった。

一方、アメリカ人は小さなリュック一つで軽々と通学している。何と教科書や副読本は一冊持ってくると重いから、必要なところだけビリビリ破るのだ。いくら重いからって、本を破って持ってくるなんて！　彼らは、パソコンと、その日必要な最小限のものだけを一つのリュックに詰めて通学する。本を破る勇気も、破った本を元に戻して保管する自信もなかった私は、ひたすら重い本を担《かつ》ぎ、「全身荷物ルック」で、一年半通い続けた。

授業の風景も、日本とは全然違う。どの教室も学生が教壇を囲み、段々に扇形になって座る形式になっている。先生からは全員の顔が見える。学生は席につくと、厚紙に書かれた自分の名札を立て、パソコンを起動させる。先生は、名前と顔を見て、発言した生徒をチェックしていく。

驚いたのは、学生たちが授業中に食べたり飲んだりすることだ。アメリカ人は、昼食をちゃんと食べない。だから、大学の授業も昼休みなしで時間割が組まれている。授業中にサンドイッチ、ピザ、サラダ、果物、お菓子、何でも食べる。飲み物もノンアルコールであれば、何でもOKだ。

学生は、授業中にガブガブ飲むと、トイレに行きたくなる。そうすると、堂々と、講義をしている教授の前を通って、トイレに行く。しかも何人も続けて出て行く。教授も、トイレ行列には慣れたもので、何事もなかったように、講義を続ける。授業中に飲んで食べてトイレに行く――これは、日本の規則にしばられた学校教育を受けてきた私には、ちょっと新鮮だった。

チーム・ヒッキーで一学期を乗り切る

コロンビアビジネススクールでは、一学期と二学期が必修科目、三学期と四学期が選択科目になる。私の場合、一月入学のMBAプログラムなので、一学期は一月から五月上旬、二学期が五月中旬から八月、三学期が九月から十二月、そして、四学期が一月から五月というスケジュールになっている。月から木まで授業で、金土日は休みだが、金曜日は補習、土日は宿題のためのミーティングで埋まってしまう。一コマ百分の授業が、一日に三つぐらい入っている。

私がビジネススクールで履修した科目は、次のとおりだ。

◆一学期目（すべて必修）

ファイナンス

マーケティング

会計Ⅰ
統計
ミクロ経済学

◆二学期目（必修＋選択）
オペレーション（必修）
マクロ経済学（必修）
会計Ⅱ（半期・必修）
意思決定モデル（半期・必修）
キャピタルマーケットと投資（選択）
真のプリンスを探して（選択）

◆三学期目（すべて選択）
インターナショナル・ビジネス戦略
トップ・マネジメント・プロセス
広告戦略

リテーリング
交渉術

◆四学期目（すべて選択）
戦略から見たミクロ経済学
エグゼクティブ・リーダーシップ
ターンアラウンド・マネジメント
上級ファイナンス
映画プロデューサーへの道

「ビジネススクールで、メディアやエンターテインメントの授業を多くとりたい」という強い理由で、数あるビジネススクールの中からコロンビアを選んだ私だが、ごらんのとおり、いざ入学してみると、広告と映画の授業以外、関連授業はとっていない。結局、ジャーナリズムスクールや芸術大学院の授業も履修しなかった。

理由は四つ。一つは、コロンビアビジネススクールには、メディア・エンターテインメント関連で、看板になるほどの人気授業があまりなかったこと（私ははやりもの好きなので人気授業がとりたかったのです）。次に、選択科目である「上級ファイナンス」、「インターナショナル・ビジネス戦略」、「戦略から見たミクロ経済学」などの中でメディアやエンターテインメント企業を取り上げることが多かったため、あえてメディア系の授業を履修する必要がなかったこと。三つ目に、リーダーシップやマネジメントなどビジネススクール本来の授業がおもしろくなってきたこと。それから四つ目に、これが一番大きな理由ともいえるのだが、選択科目の宿題はグループワークが中心になるので、友人がいないジャーナリズムスクールや芸術大学院の授業を履修すると、グループをつくるのが大変になり、大きな負担になることだ。特に三学期目は授業と平行して、就職活動があるので、助け合いがきく「友だちが取っている授業」をあえて選択したのだった。

ビジネススクールで履修する教科は、すべて経営者の視点で学ぶのが特徴だ。コロンビアは、ハーバードビジネススクールの授業形式を多く取り入れているため、授業では、「ケース」が用いられることが多い。教授陣もハーバードから多くヘッドハントしている。

「この会社は、こういうことで今困っています。概要、歴史、競合状況、財務状況はこのとおりです。あなたが経営者だったらどうしますか」

このようなストーリー仕立てで語られる企業事例のことを「ケース」という。ケースはすべてノンフィクションで、過去に実際にあった事例だ。有名な企業の内部事情が赤裸々に語られている。

ケース・メソッドは、経営学を机上の空論に終わらせないために、ハーバードビジネスクールが開発した実践的な学習方法だ。各ケースとも前半で物語り風に会社の概要や悩みが語られ、後半には財務諸表や関連データが載っている。一ケース、十ページから三十ページぐらいある。授業では、ケースについて徹底的に議論したあと、その会社の経営陣が実際にどう決断し行動したのか、その結果どうなったかを、最後に先生が教えてくれる。

張り切って入学した私だったが、一学期目が始まるとすぐ、目の前が真っ暗になった。英語に全くついていけない。先生が何を言っているのかわからない。呆然《ぼうぜん》としたまま時間が過ぎていく。絶望しながらも何とか踏みとどまれたのは、先生が必ず授業の内容を図解したプリントを配ってくれたからだと思う。

一学期目は、ファイナンス、マーケティング、統計、会計I、ミクロ経済学の必修五教科を履修する。なかでもファイナンスとマーケティングはほとんど全部ケース問題主体で授業が進み、学校が決めたチームで宿題を提出するように、義務付けられている。

チームは、男女、出身国、経歴を考えて構成されている。私のチームは、スペイン人のパブロ、アメリカ人のデイブとエリックだった。

パブロは元経営コンサルタント。小柄でおでこが広いベイビーフェイス。GMATが七八〇点でほとんど満点だったという秀才だ。テレサという彼女と婚約していて、スペインにいる彼女と遠距離恋愛中だった。デイブは元トレーダーで、数字に強く博識。日本人のスポーツ選手の名前を知っているかと思うと、音楽にも詳しい。既婚だ。エリックはワーナー・ブラザースのテレビ部門の元営業マン。業界クンで独身だ。

このグループ制が私にとっては、どんなにありがたかったか！　私の場合、英語ができない上、経営に関する知識ゼロという二重苦だ。それをパブロの頭脳とデイブの計算力、そしてエリックの文章力で補ってもらったのだ。まさにお荷物状態だった私を、この三人は根気強く面倒見てくれた。ちなみに、全員二十代後半で、私よりも年下だ。

私たちはチーム名を「チーム・ヒッキー」にした。Hikkiはもちろん、宇多田ヒカルのことだ。私が自己紹介で、日本で音楽番組を制作していたという話のついでに、宇多田ヒカルの話をしてみたのだ。

「日本のヒッキーって有名な歌手がコロンビアを受験しているんだよ」

「へえーどんな歌手なの？」

「ブリトニー・スピアーズみたいな感じかな。アルバムも八百万枚ぐらい売れたんだよ」

「チエ、会わせてよ！　でも、ヒッキーってどういう意味か知ってる？」

アメリカ人のデイブとエリックがニヤニヤ笑っている。辞書で調べてみると、発音が同じで、Hickeyという単語があって、これが「キスマーク」という意味だった！

日本に一時帰国した後に「チーム・ヒッキーの証《あかし》」と言ってアルバム「ファースト・ラブ」を三人にお土産にあげたら、これもまた大ウケだった。

「ヒッキー、イマイチだね」と正直に感想を言うパブロ。

「いやあ、僕のお気に入りの一枚だよ。毎日聞いているよ」と調子がいいエリック。

「大音量で聞いていたら、隣の人にうるさいって言われちゃった」とジョークを言うデイブ。

結果的に私の一学期目は、このチーム・ヒッキーに救われた。

ビジネススクールは、「消防ホースで水を飲むように、勉強する」と言われる。それぐらいの詰めこみ勉強だ。宿題はもちろん毎日出るし、分厚い英語の本を読まなくてはいけない。その内容も、私にとっては異常に難しい。途方にくれて泣き出しそうなこともしばしばだった。

商社や銀行出身の日本人同級生は、難なくこなしていたが、私の場合は、睡眠時間は四時間ぐらいで、金土日をつぶしても、まだ足りなかった。こんなに勉強するのは高校三年生のとき以来だ。チーム・ヒッキーに頼りっきりではいけないので、私は、私なりにチームに役に立つように、努力した。できないからと言って、フリーライダーになるのは、いやだったからだ。フリーライダーとは、グループに入っていながら全く仕事をしないで、宿題に名前だけ載せてもらう「ただ乗りさん」のことだ。

なぜフリーライダーにならないようにがんばったかというと、一度「あの子はフリーライダーだ」というレッテルを貼《は》られると、他の授業でグループに入れてもらえなくなるからだ。そうなると、グループに入れない↓フリーライダーを寄せ集めたグループに入る↓誰も宿題をやらない↓自分一人で全部やるしかない↓成績はP（可）しかとれない――という悪循環が待っている。

コロンビアビジネススクールでは、退学になる学生はほとんどいないと聞いていたが、就職活動のことを考えれば悲惨な成績では卒業したくなかったし、新しい授業が始まるたびに、グループに入れなくて苦労するのはイヤだった。

しかし、努力するといっても、知識が全くない私が自分一人で何時間やっても埒《らち》があかないので、とにかく人に聞いて予習することにした。グループ・ミーティング前に、恥も外聞もなく、同じクラスの友人、日本人の同級生、TA（ティーチング・アシスタント）など、チームメンバー以外のありとあらゆる人に聞いたのだ。TAとは、アルバイトで教授のアシスタントをしたり、補習をしたりする学生のこと。二年生の成績優秀者が担当する。私は、よくこのTAに質問しにいった。

徹底的に予習をしてからチームのミーティングに臨み、ミーティング中には自分に出来ることを早く見つけ、「それは私にもできるから、私がやるわ」と先に名乗り出る。先手必勝だ。そして「英語が間違ってないか、チェックしてね」とみんなに頼んでおく。こうして、一学期目、私は何とかフリーライダーにならずに済んだ。パブロ、デイブ、エリックが、落ちこぼれの私にも、公平に仕事を割り振ってくれたのもよかった。

ところが彼らは彼らなりに、気を遣ってくれていたらしい。一度、ファイナンスの宿題で、こんなことがあった。

いつもの通り、私たちは図書館に集まって、ミーティングをしていた。

「じゃあ、次はチエの番だからね。いま、話し合ったことをまとめてきてね。よろし天才パブロは、いつもお兄さんぶるのだ。話し合ったことって、結論出てないじゃない？　しようがないなあ。適当に書くか。

「こんな感じで書くからね？　ちょっと聞いてる？」

みんな、もう宿題は終わったものとして、メールや他の勉強に忙しく、返事もしない。欧米人は無駄なことはしないのだ。

「私、もう帰るよ！」

「あー、チエがすねた」と急に慌《あわ》てるエリック。

「英語で書くのが大変なの？　そんなにイヤだったら、僕がやるから言ってね」といきなり優しくなるデイブ。

「違うのよお。私、和英辞書がないと、英語でまとめられないの」

「ホント？　ホントに怒ってない？」と心配そうなパブロ。

次の日、出来上がった宿題を見て、「チエ、なかなかよく書けているじゃない」とパブロがフォローする。全く、私、三十歳なんですけど！　きっと、彼らは私のこと、ティーンエイジャーのように思っていたに違いない。

一学期目に、チーム・ヒッキーで鍛えられたおかげで、私のその後のグループワークは順調だった。二学期目になると、宿題グループは学生同士で決めるので、ボヤボヤしていて気がついたら一人ぼっちということもしばしばだ。仲間が見つからないと、みんなに「誰か入れてくれませんか」とメールを送る羽目になってちょっと情けない。私は何とかその都度、〝親切で優秀な友達〟を見つけて面倒を見てもらっていた。

コロンビアがグループ学習を重視していてよかったと思う。個人学習重視だったら、宿題が出来ないで、一人泣いていたことだろう。卒業できていたかどうかもわからない。

コロンビアを選んで、本当によかった。一般的にハーバードとコロンビアは学生間の競争が激しく、ケロッグとスタンフォードは協調的だと言われるが、コロンビアに関して言うと、実は評判と違って、協調的な校風だったと思う。ただ、コロンビアもクラスによっては、競争が激しいクラスもあったようだから、私は運がよかったのかもしれない。

ありがとう、チーム・ヒッキー。

クラスターX、それぞれのMBA

ビジネススクールの最大の魅力は、人脈作りだとよく言われる。留学前、私もある程度、想像はしていたが、それ以上に刺激的な友人たちが多かった。

コロンビアビジネススクールでは、一学年七百人の学生が六十人ずつのクラスに分けられている。このうち二百人程度が私と同じ一月入学で、残りが九月入学の学生だ。外国人留学生が三〇パーセント。日本人は毎年十人程度で、クラスに一人から二人だ。

投資銀行などの金融機関、経営コンサルティング会社の出身者が比較的多いが、大学側も、業種を越えた幅広いネットワークを形成することを重視しているので、そればかりに偏《かたよ》らないようにしている。会社経営者、軍人、国家公務員、弁護士、バレエダンサー、ジャーナリスト、営業マン、エンジニアなど、ありとあらゆる業種の出身者が集まっている。従って出身大学もさまざまだ。日本からの留学生は会社派遣が多いため、結果的に東京大学、慶応大学、早稲田大学出身者が若干多くなっているが、私費留学生の出身大学は多岐にわたっている。

さらにこれは学校へ入ってから実感したことだが、ハイソな家庭に育った人が多い。気楽に仲良くしていたクラスメートのカルロスが、実はヨーロッパで有名なロイヤル・ファミリーだと知って驚いたり、「コロンビアはやけにNBCテレビのセミナーが多いな」と思ったら会長の息子が同級生だったり、聞けば聞くほど、「親がエライ」人たちがたくさんいるのである。

アメリカは大学自体がビジネスだ。たとえば大学にビル一棟寄付した一族の子女が受験したら、ムゲにするわけにはいかない。大学の応募書類には、オプションで親の名前、職業、学歴を書く欄がある。親類にその大学出身者がいて多額の寄付をしていると非常に有利なのは否《いな》めない。国立大学出身の私は、こうした寄付文化は初体験で新鮮だった。

それにしてもアメリカの学費の高さといったら異常だ。大学院二年間で授業料六万ドル（二〇〇〇年当時）だったら、大学四年間ではどれだけかかるんだろうと思う。アメリカは、奨学金、ローンが充実しているといっても、多かれ少なかれ親に頼っている人も多かったから、ビジネススクールの学生に比較的裕福な家庭の人が多いのも納得だ。

意外だったのが、モラトリアムで来ている人が多いことだった。欧米人は「ビジネススクールでこれを勉強して、こういう仕事をしたい」というように、はっきりとした目的意識を持って来ている人ばかりだと思っていたが、私と同じように「人生考え中」というような友人が多かった。

日本以上に学歴社会であるアメリカでは、大学卒は当たり前、大学院卒で少しエリートト、できれば博士号まで持っていると望ましいとされる。修士号なら、二つ以上持っているほうがいい。だから、ロースクールとビジネススクール、メディカルスクールとビジネススクールなど二つの学部から修士号をとる「学歴コレクター」の人たちがたくさんいる（アメリカの大学には、二つの学部から学位を取得するデュアル・ディグリー・プログラムがある）。ビジネススクールへ来るのも、特別な目的を持っているわけではなく、「若いうちに自分の履歴書の学歴欄をできるだけ豪華にしておいて、将来に備えておこう」ということらしい。

クラスターXのクラス委員を決めるときも、日本の学校とは大違い。クラス代表、学習委員、宴会委員、学外活動委員の選出をめぐって立候補合戦になった。立派な所信表明をして、皆で投票する。日本の学校ではあまり考えられないことだが、全部履歴書のためだと聞いた。

ビジネススクールというのは、最高に贅沢《ぜいたく》なモラトリアムなのかもしれない。刺激的な友人たちと共に、最高レベルの学問を学び、自分の人生を考える。

ところで、コロンビアは、トップスクールの中でも特に女性が多いので有名で、全体の四割近くを占めている。留学直前に見た「女性が選ぶビジネススクールランキング」でも一位だった。留学中、日本経済新聞にMBA留学についてのコラムを書くために、女性の友人たちがどんな目的でビジネススクールに来て、MBAというものをどうとらえているのか、取材したことがあったが、六十三人中二十人の女性クラスメートは皆、個性派ぞろいで「それぞれのMBA」があった。

最年少は、当時二十二歳のタイ人女性。シャンプーというニックネームで呼ばれていて、コロンビアで最も仲良くしていた友人の一人だ。クラスにアジア人女性は、シャンプー、ミンという中国人、私しかいなかったので、特に親しくなった。シャンプーは、飛び級で十八歳（！）で大学を卒業。三年間金融機関で働き、会社派遣でMBA留学した。頭がいいのに、人なつっこくて、クラスのマスコットのような存在だった。誕生日にはシャンプーの「プー」にかけて、くまのプーさんのぬいぐるみをクラスメートからプレゼントされるほどだ。表計算の達人で、財務や会計の授業では、マジシャンのように見事な表計算のシートを作ってくれる。留学後は派遣元の銀行で働くそうだ。すぐに辞めると、罰金として二十万ドルをローンで返さないといけない契約なのだという。人生をまっすぐに歩んできたら延長上にＭＢＡがあったという感じだろう。

逆に最年長は元弁護士のキャリー。四十八歳だ。ニューヨークでも最大手の法律事務所の重役だった。なぜ弁護士の世界で最高のキャリアまで上り詰めた女性が、その地位を捨ててビジネススクールに来たんだろう。履歴書の学歴欄を豪華にするためではないことは確かだし、お金が目的でもない。

「インターネットの出現で人生が変わったのよね。金融と法律のあり方を変える革命的なものでしょう。一から勉強したくなったの」

キャリーがビジネススクールに来たのは、純粋にアカデミックな好奇心からだった。三年前、コロンビアの社会人コースでコンピューター・サイエンスを学び始めたが、これが法律よりも面白くなってきたという。自分の息子と同じぐらいの年齢の学生たちと机を並べた。

「最初はこの年齢で新しいことが学べるのかとても不安だった。でも、がんばったら成績もＡがとれて、とても自信がついたのよね」

その後、〝もっと勉強したくなって〟ビジネススクールに挑戦し、合格。

「年齢のことは、本当に気にならない？」

「確かに若いときの方が覚えるのは早かったかもね。でも今は、より大きな枠組で物事をとらえられるので、年齢がマイナスになるとは思わないわよ！」

二十二年勤めた法律事務所の地位も名誉もスパっと捨てて学校に入る——何て自由な人なんだろう。卒業後は、コンピューターのソフトウェア関係の仕事につきたいという。

この他にも我がクラスターXには、パワフルな女性がたくさんいた。

アリソンは学内でも有名な美人で、しかもシングル・マザー。背中に小さなタトゥーを入れていて、かっこいい。一度、夏休み中の二人の息子たちを学校に連れてきたことがあったのだが、とても行儀良くママと一緒に「宇宙語」の授業を聞いていた。彼女にとってのMBAは、二人の子どもを育てていくのに、必要不可欠な資格だ。

私は、とても軽い気持ちで、子育てと勉強を両立するの大変でしょう？　と取材を始めたら、実は重い過去を背負っていたので驚いた。二十二歳で学生結婚した夫とは数年前に離婚したのだが、これがひどい男だった。結婚してまもなく、仕事も人生もうまくいかないと、暴力を振るい始めたのだ。アメリカではよくある話で、夫によるドメスティック・バイオレンスの典型だ。エリート家庭に育った男が、仕事で挫《ざ》折《せつ》したのをきっかけに精神を病んでしまったのである。

「でも、子どもには暴力を振るわなかったから、それだけはよかったのよね」

淡々と語るアリソン。給料も渡さないから、アルバイトでリサーチの仕事をしながら、子どもを育てた。二年間我慢したが、最後はもう殺されると思って、実家に逃げ帰ったという。

彼女がすごいのはここからだ。普通は挫折するところが、「子どものために私が自立しなくちゃ」と燃えるのだ。両親の援助を受けながら、投資会社でアシスタントとして働き始め、夜は専門学校で学びながら資格を取り、三年でマネジャーにまで出世。さらにステップアップするためにMBAを目指したという。

「教育や資格は、私の人生に大きな可能性を与えてくれた。将来は、人の助けになるような教育関係のNPOを設立したい」

ダンサーを辞めてビジネススクールに入学した女性もいた。サラは、元モダンバレエのダンサー。同じクリエイティブな世界出身ということで、話が合って仲良くしていた。感謝祭のときには、家族パーティーにも招待してくれたほどだ。サラは三十代後半だが、ダンサーを辞めたのは「肉体の限界」だという。その言葉を実感したのが、彼女の引退公演に行ったときだった。

教会を借りきって行われた公演は、極めて前衛的なもので、衣装も練習着のようなシンプルさ。振りつけも派手ではなく、無駄な動きはしない。音楽もあったりなかったりで「ミニマリズム」の極致のようなショーだった。サラはこれで最後だというのに、ちょっとしか出演しない。練習不足だからだという。全員似たような動きをするので、サラの動きが鈍いとすぐわかってしまうのだ。当たり前だがアーティストの世界は厳しい。「肉体の限界」ってこういうことなんだ。

裏方にまわって、アートを生かした慈善活動をしたいとビジネススクールに来た。卒業後は難民キャンプにいる子供達の心をアートで癒《いや》すためのNPOをつくりたいそうだ。

クラスに二十人女性がいたが、それぞれ二十通りの理由でビジネススクールに集まってきている。会えてよかった。そう思える人たちばかりだった。

発言せざる者、来るべからず

コロンビアビジネススクールの日本人学生の数は、ここ数年、一学年十名程度だ。どこのビジネススクールもそうだけれど、日本からの受験者は多いのだが、残念ながら合格者数は減っていると聞く。私が受験した当時、トップ校の日本人枠の倍率は二十～三十倍だと聞いた。コロンビアも、バブルのころは一学年に二十名程度の日本人がいた。ウォートンにはおよそ五十名もいて、日本人村が出来ていたという。

ビジネススクールというのは非常にわかりやすくて、景気がいい国や、これからアメリカにとって重要な市場になりそうな国からの受験者をたくさん合格させる。一九八〇年代後半は、「景気のいい日本から学べ」という方針だったのだろう。多くの日本人が企業派遣でMBA留学した。日本企業はジャブジャブ寄付してくれただろうし、大学にとっては「おいしい」お客さんだったわけだ。

ところが、バブルが崩壊すると「日本人から学ぶことはない」と、あっという間に合格者が減った。バブル期に〝何となく〟企業派遣で留学した人たちの中に、クラスで一言も発言しないで、ゴルフだけ上手になって卒業するような人もいて評価を下げたのも一因らしい。

かわりに増えてきたのが、「日本で働いたことがあるアメリカ人」や「アメリカにずっと住んでいる日本人」だ。クラスで発言しない日本人より、日本を知っているアメリカ人で十分だということだろう。同じアジア圏からだと、中国人の合格者が増えている。

私たちの学年の日本人は全部で九人。各クラスに一人もしくは二人ずつだ。男性は全部で五人。名前は当時、呼び合っていた通りに書かせていただく。商社からの派遣のハシヅメくん（彼だけ苗字《みょうじ》で呼ばれていた）とマロシさん（ファーストネームです）、銀行からの派遣のシローさん、メーカーからの派遣のシュウさん、保険会社を辞めて私費留学したキヨシさんだ。女性は全部で四人。マサヨさんは通信会社からの会社派遣、あとは私も入れて三人とも私費留学だ。アリカさんは証券会社、マキちゃんはシステム系のコンサルティング会社、そして私は放送局を辞めて留学した。この他に「アメリカにずっと住んでいる日本人」や日系アメリカ人の学生が数人いた。

マロシさんとシローさんは、ビジネススクールの授業をラクラクこなしていて、私の先生だった。ハシヅメくんはいい味出しているマイペース型、シュウさんは選択科目の内容から最新のミュージカルまであらゆることに情報通。キヨシさんは日本の財界に顔が広く、後述のジャパン・スタディ・ツアーでは大活躍だった。女性陣。アリカさんはアーティスト風、マサヨさんは「姉御肌」、二十代のマキちゃんは「アイドル系」だった。

九人というのは、ちょうどいい人数だったと思う。これ以上多いと、日本人コミュニティーに安住してしまうからだ。私たちは、日本人同士で集まるのはまれで、皆、それぞれ、普段は日本人以外の友人たちと仲良くしていた。たとえば、マサヨさんは、アメリカ人、中国人、ペルー人などのグループ、通称「マサヨ軍団」を率いていたし、マキちゃんは、ちっちゃくてかわいいので、アジア系男性のアイドルだった。私も、いつもはアメリカ人、ヨーロッパ人、中国人などのグループの一員だった。

日本人留学生は、それぞれ個性的だが、共通して言えるのが海外経験の豊富さだった。マサヨさんやマキちゃんは、アメリカ在住が長く、日本語より英語の方が得意なくらいだ。メーカー派遣のシュウさんは、長くアメリカに住んでいてアメリカの大学を卒業している。シローさんと私はアメリカ以外からの帰国子女、商社の人たちは、仕事で海外とのつながりが深い。

このようにビジネススクールは入念に「英語が話せてクラスで発言してくれそうな日本人」を合格させているのだから、授業で何も話さないなんて許されないのだ。ところが、私は入学してまもなく、一学期に履修したジェントリー教授のミクロ経済学の授業で、大失敗をしてしまう。

それは確か、在庫を調整して価格を統制するという話だったと思う（いまだによくわかっていない）。その文脈の中で、日本の例が出た。ジャパンだけ聞き取れたのだ。するとと先生はおもむろに言った。

「このクラスに日本人いる？」

あー、やばい。何話しているのかわからないのに、どうしよう。どこかに隠れてしまいたい。先生は、私のクラスに日本人がいるのは知っていたらしい。だから「おかしいな」という感じで、日系アメリカ人のヨウジさんに向かって、「君は日本人か」と聞いた。

「日本で生まれたけど、住んだことないから、日本のことはよくわからない」

アメリカ人の英語で答える。気まずい雰囲気が流れた。先生は日本の話を続けるのはあきらめて、次の話に移った。私自身、恥ずかしかった。日本の話題があれば日本代表として、メディアの話題があれば放送局出身者として発言する。これは、ビジネスクールでは「義務」なのだ。

授業が終わってから、最悪の事態が待ち構えていた。図書館で「チーム・ヒッキー」のグループミーティングがあったのだが、エリックが、私のことを「グループの恥」とばかりに非難しはじめたのだ。

「何で手を挙げなかったんだ？　自分の国のことを恥じてでもいるのか」

エリックは、普段は調子いいのだが、このときばかりは「許せない！」という厳しさが漂っていた。

「だって、先生が何言っているのかもわからなかったんだもん」と小声で言い訳する私。

「信じられないよ。チエ、日本人じゃないの？」

そこへ、遅れてパブロがやってきた。パブロは、入学前の履修免除試験に合格して、ミクロ経済学はとっていなかった。エリック、もうやめて！　と思うが止まらない。

「聞いてくれよ、パブロ！　チエったら、ミクロの授業で日本人いるかって言われたのに、手を挙げなかったんだぜ」

パブロはゲラゲラ笑い出した。

「じゃあ、チエはどこの国の人？」

「たぶん、コ、コスタリカ人かも……」
小声で答える。やさしいデイブは何も言わずに横でニヤニヤ笑っている。このあとも、エリックの「信じられないよ」攻撃が続いた。あー、もうしつこいよ！　でも、この痛い経験を最初にしておいてよかった。私が、この学校にいる役割を痛感させられたからだ。

ビジネススクールでは、日本企業のケーススタディーは相当減ったとはいえ、オペレーション（工場の生産工程やサービス業の作業手順をいかに効率的にするかを中心に学ぶ）やインターナショナル・ビジネスの授業では、やはり欠かせないのだ。最近ではターンアラウンド（業績のV字回復）の授業で、日産自動車のケースがよく取り上げられる。

これを境に、日本企業の事例がトピックになりそうな授業では、事前に日本語の関連本を読んだりして、入念に予習していくことにした。何か日本に関係していて、自分でも内容がわかったときには、先手必勝で手を挙げて発言することにしたのだ。たとえば、オペレーションの授業で、トヨタのかんばん方式（「必要なものを必要な時に必要な量だけつくって運ぶ」ことを基本理念に、無駄な在庫を圧縮するためにトヨタが開発した生産方式）の話が出たときは、「〝かんばん〟は日本語ではもともと看板

（サインボード）という意味です」と発言したり、何でもいいのだ。

私は日本代表。こんなに自分の国を意識したのは、生まれて初めてだった。

恐怖の〝発言ビンゴゲーム〟

ビジネススクールの授業はどれも実務的な知識を教えるので非常に役に立つが、すべてがエキサイティングな内容とは限らない。退屈な授業だってある。

特に、投資銀行や経営コンサルティング会社出身の学生にとっては、授業が簡単すぎる場合が多々ある。入学前に履修免除試験を受けて合格すれば、必修科目でも受けなくていいのだが、学校側はあまり勧めていない。逆に、いい成績をとろうと、あえて試験を受けないで楽勝教科を取っている学生もたくさんいた。たとえば、公認会計士が会計の授業を取っていたり、投資銀行出身者がファイナンスを取っていたりするわけだ。そうすると、わかっている知識の復習なので、授業中にパソコンを使って暇つぶしに走る人たちがいる。

私たちは、オンラインにつながったパソコンを使って授業を受ける。コロンビアでは、あらゆる情報がウェブ上にあるからだ。授業のスケジュール、宿題、宿題の答え、参考資料、講義プリントなどが、教科ごとにアップロードされていて、学生はそこから何でもダウンロードする仕組みになっている。授業中にウェブを見たりすることもあるので、すべての教室でインターネットにつながるようになっているのだ。

インターネットが大っぴらに使えるのをいいことに、暇つぶし学生達は、授業中のメールのやりとりはもちろんのこと、チャット、オンラインゲーム（ポーカーが流行《はや》っていた）、株の売買、音楽のダウンロード等々、様々なことをやっている。たとえば、我がクラスターXで、授業中最も忙しい男、「マルチ・タスク・マン」と言われていたのが、スペイン人のフィリップ。彼は、経営コンサルティング会社の出身で、抜群に頭がいい。フィリップにとっては、どの授業も楽勝のようだった。いつも一番前に座っているので、後ろから彼のコンピューターの画面がよく見える。

すると、こんな感じだ。表計算の画面で宿題をちゃっちゃと確認しながら、チャット、メール、インターネットと全部小さな画面が開いていて、同時進行で何やらニヤニヤ笑いながらやっている。そうかと思うと、いきなり手をあげて、授業の内容について鋭い質問を始めるのだ！　この人は、目と耳と手をすべて別々に機能させることができるのかもしれない。私などは、宿題の確認をするだけで精一杯なのに。

ビジネススクールでは、日本の大学のように授業中に寝る学生がいないかわりにオンライン・チャットは、かなり盛んだった。クラスターXでは、フィリップが旗振り役で、「皆でAOLのインスタント・メッセンジャーに加入しよう」と勧誘していた。私は全くそんな余裕はなかったから参加しなかったが、クラスの七割ぐらいは加入していた。つまらない授業だと、チャットの参加者が異様に増えてチャット部屋に入れなくなるというから、教授評価のバロメーターみたいなものだ。

授業中のオンライン・チャットについては、学校全体でも問題になった。まじめな学生がサフワン副学長に「こんな幼稚園児のような授業態度はやめましょう」とメールを送ったらしい。その結果、「チャット禁止令」を出す教授もいたが、最後は「自己責任」だという結論に落ちついた。高い授業料を生かすも殺すもあなた次第ということだ。

チャットのほかに盛んだったのが、トレーディングだ。アメリカ人男性の多くが、株や債券を持っていて、自分の持っている株の値動きを授業中に頻繁にチェックしていた。中には「オンライン・トレーディングで儲《もう》けて、ビジネススクールの授業料の足しにする」と言っている友人もいた。その授業料を無駄にして、オンライン・トレーディングをするのは、どういうことなんだろうか？　なんだか本末転倒（？）だ。

そして一時的に流行ったのが、発言ビンゴゲームだった。これが、授業中あまり発言しない人たちにとっては恐怖だった。

ルールは、まず、一人一ドルで、ビンゴシートを買う。シートには、5×5で二十五人のクラスメートの名前がランダムに書いてある。発言した人の名前をどんどん消していって、縦、横、斜めのいずれか二列そろった時点でビンゴ。ただし授業中なので、「ビンゴ」と叫ぶわけにはいかない。その代わり、自分のシートがビンゴになったとたんに手を挙げ、決められた言葉をうまく混ぜながら発言すると、後で参加者の賭《か》け金を全部貰えるという仕組み。このゲームでは、欧米人に比べると発言数の少ないアジア人学生は、どうしても「ババ」扱いになってしまう。普段は仲のいいクラスメートたちが、急に競争心むき出しになる。

「ちょっと、早く発言してよ！」

鋭い目線が、私たちアジア人に注がれる。

「チエが発言してくれたら、ビンゴだったのに」

授業の後、うらめしそうに言われる。

「やめてほしいよね。発言ビンゴ」

タイ人のシャンプーや中国人のミンと、こっそり愚痴る。中国系アメリカ人のＪＴなんか、「絶対に発言してやらないもんね」と開き直る。結局、このゲーム、評判が悪かったので、二、三回で終わってしまった。

次に流行ったゲームは「この人は誰?」という、ほのぼのゲームでほっとした。クラスのホームページに子どものころの写真を載せて、誰の写真か当てるという平和なゲームだ(これも一人一ドル)。

先生がクビになる

「この宿題、断固拒否！」

それは突然、アレックスのEメールで始まった。

アレックスはハーバード大学卒のフランス人で、数字にとても強く、私によく宿題を教えてくれた仲良しの友人だ。普段は穏やかな人格者なのだが、その彼がこのマーケティングの宿題にキレたので、私はビックリした。

問題の宿題は、A社とB社、二つのカメラメーカーがシェア争いをしたときに、どうすればA社が勝てるかをシミュレーションするというものだった。特定のソフトをダウンロードして、適当に数字を入れていけばいいはずだったのだが、このソフトがアレックスをはじめ何人かのパソコンでうまく動かなかったらしい。

「何だ、このソフトは！」

最初はこんな感じで、メール上で不満合戦が始まったのだが、だんだんこの宿題がいかに意味がないかという議論になった。確かに、マーケティングの知識があまりない私から見ても、特に学ぶことはなさそうな宿題だった。

ソフトへの不満でひとしきり盛り上がった後、アレックスの例のメールが届いたのである。

「マーケティング、宿題拒否」

「クラス全員で拒否しよう」

「私たちも拒否」

チーム・ヒッキーも一丸となって、もちろん拒否した。その後も待ってました！とばかりに嵐《あらし》のような拒否メールが続く。確かにこうなる伏線は、前からあった。

マーケティングは、某有名ビジネススクールから鳴り物入りでスカウトされたJ教授とP教授が、二人で分担して教えていたのだが、思いのほかP教授の評判が悪かった。P教授も「前の学校ではこんなことなかったのに、おかしい」とばかりに、明らかに鈍い学生の反応に、戸惑っている感じだった。

「Pの授業って最低だよね」

「お金の無駄」

こんな不満が、学生の間で充満していた。

「断固拒否」

「何て無意味なんだ。提出拒否」

メールでの激しいやりとりが続く。クラス最年長のキャリーが「皆さん、もう少し建設的な議論をしませんか」となだめに入る。結局、この騒動、クラスの学習委員でしっかり者のジェーンが、P教授に「ソフトがうまく動かない人がいるのと、この宿題をやる意味がわからないという人がいるので、明日の授業で話し合わせて下さい」とメールを送って、とりあえずはおさまった。

次の日。宿題は誰も出さなかった。アレックスをはじめクラス全員で散々文句を言ったのだが、P教授は「宿題を出さないというのは認めない」と最後までがんばった。

一学期の終了時、マーケティングの最後の授業。

「君たちは、マーケティングの授業で何を学びたいんだ。僕は聞きたい！」

P教授は叫ぶ。私たちは、もっと実践的なこういうことを学びたい等々、様々な提言をした。

「それは私の授業のこの部分でやったじゃないか！」

「それも私の授業でカバーしたつもりだ！」

叫びは続く。先生だって必死だ。ここでヘタにクビになっても、次の就職先を見つけるのは難しい。せまいビジネススクール社会で悪い評判がついてまわるからだ。

しかし、先生もここまで嫌われたら、終わりだった。学期の最後の授業は、普通は九九パーセント、学生からの「ありがとう拍手」で終わるのだが、P教授の授業だけは誰も拍手をしなかった。そして次の学期、P教授の姿を見ることはなかった。

コロンビアビジネススクールは、学生が先生に厳しいということで有名だ。その分、授業料も高く先生の給料もトップクラスだと思う。学生は学期末になると、各先生の授業を細かい評価基準に従って、七段階で評価する。その平均点は過去のものも含めて、すべて公開される。P教授の場合は七点満点で二点だった。ただ、P教授は学期末までいられただけいい。私たちの上の学年は、学期の途中で先生を一人クビにしているのだから。

首の皮一枚でつながった教授もいる。二学期目の必修科目だったマクロ経済学のB教授は、二十五歳。飛び級で博士号をとった、マクロ経済学界のホープだ。身長が百六十センチもないぐらいの小柄で(でも教えているのはマクロ!)、やせていて青白くてメガネ。典型的な天才くんという感じだ。若き天才学者は、学生に教えるのは初めてだという。最初がコロンビアだったのは、本当に気の毒だったと思う。

「今度の教授、二十五歳らしいぜ」

学生たちは、自分よりも年下の先生に対して、ちょっと意地悪モードだった。最初の授業から、次々に質問を浴びせて、B教授を困らせた。B教授は、真っ赤になって、まともに質問に答えられない。モゴモゴしゃべっていたが、学生たちはそのうち、お決まりのオンライン・チャットに熱中しはじめて、授業を聞かなくなってしまった。

最初の数回が終わって、学生からサフワン副学長に、次々と抗議のメールが届き始めた。

「授業料の価値がありません。マクロ経済学の先生を替えてください」

一教科三千ドル、三十万円以上だから、学生だって、あまりひどいと文句を言わずにはいられない。殺到する抗議に、副学長は学生を全員集め、「B教授問題についての説明会」を開いた。

「なぜ、あんな素人《しろうと》を必修科目の先生にするんですか」

「質問にも答えられないんですよ」

出るわ、出るわ、文句が。サフワン副学長は、こう説明した。

「彼はマクロ経済学界の若手のエースです。いま教授として採用しておかないと、数年後には取れないような逸材なんです。君たちが彼を育ててやってほしい」

「彼を育てるのに、なぜ、こっちがカネを払わないといけないんですか」

「いま皆さんに人気があるD教授も、一朝一夕にスター教授になったわけじゃありません。かつてはB教授のようだったのを皆さんは知っていますか。B教授を育てるのは、コロンビアビジネススクールの将来のためにも重要なんです」

そして副学長は言った。

「B教授の授業を改善するために、学校はあらゆる策を尽くします」

実際そこからがすごかった。我々の不満はすべてB教授に伝えられた。彼の授業は毎回ビデオ撮りされた。そして「プレゼンテーションのプロ」が雇われ、彼を猛特訓したのだ。

「B、最近、がんばってるよね」

「顔、赤くならなくなったよね」

おもしろいもので、学生の評価もすぐ変わる。B教授の授業は少しずつ改善されて、最終的には七点満点中五点を越えた。しかも、最後の授業で、温かい拍手が沸き起こったのだ。

アメリカという国は、努力を認める国だと思った。彼の授業は、まだまだ未熟だ。しかし説明会の後、毎回明らかに改善されていったことを学生達は認めたわけだ。

ビジネススクールの授業は、授業料が高い分だけ、教授も学生も真剣だ。学生が先生を評価して場合によってはクビにするというのは、厳しいけれどフェアな制度だ。

日本へのスタディ・ツアー

コロンビアビジネススクールには、毎年春に修学旅行がある。修学旅行といっても、学生が主催し、先生が誰か随行してくれればいいことになっている。近いところでは、シリコンバレー、遠いところではケニア、中国まで、企画すれば世界中どこでも行くことが出来る。

ジャパン・スタディ・ツアーは、毎年恒例となっていて、ジャパン・ビジネス・アソシエーション（日本ビジネス研究会）が主催する。私も会員なのでお手伝いすることになった。

日程は二〇〇〇年の五月。一学期が終わって、二学期に入る前の休みを利用する。メールで参加者募集を呼びかけたのだが、なかなか集まらない。日本ツアーの人気は年によって差があるようで、六十人というときもあれば、全然人気がなくて二十人という年もある。私たちが主催した二〇〇〇年は人気がなく、中国ツアーに参加者を取られてしまった年だった。費用は十日間で一人二千ドル弱。普通は学校からの割り当て金と、日本企業からの寄付金が集まり、もっと安いお金で行けるのだが、この年は寄付がうまく集まらず、高くなってしまった。

「私がとっておきの場所を案内するから、日本ツアーに参加しましょう」とクラス全員にメールを送ってみたが、なかなか人が集まらない。

「行きたいんだけど、ちょっと高い」

「せっかく日本まで行くのに十日間は短すぎるわ。チエ、冬にもっと長いツアーを企画してよ」

最終的に集まったのはアメリカ人、イギリス人、ブラジル人など二十名程度だった。引率の先生は、スチュアート・ハルボーン准教授。オペレーションの先生だった。

訪問する企業は、私たち日本人が卒業生ネットワークや個人的なネットワークを通じて探す。そして決まったのが、オムロン、トヨタ自動車、オートバイテル・ジャパン（現オートックワン）、キッコーマン、ソニーだった。オムロン、キッコーマンはコロンビアビジネススクールの卒業生ネットワーク、他は日本人同級生の個人的なネットワークでお願いすることができた。

ニューヨークから大阪経由で京都に入り、名古屋を経て東京というスケジュールを組んだ。私は実家が名古屋近郊にあるため、トヨタ訪問から参加することにした。日本に住んでいても、トヨタを見学できる機会などめったにない。学校でトヨタのかんばん方式（必要なものを必要なときに必要なだけ生産し、在庫費用を最小限に抑える生産方式）を、「オペレーションの模範例」として勉強するわけだから、それを実地で見られるなんて、何てラッキーなんだ。

豊田市を訪問したのは初めてだった。当然のことながら、トヨタかその系列以外の車は走っていない。私たちを乗せたバスが高岡工場に入ると、制服姿の女性が乗りこんできた。広報を担当する彼女は、流暢《りゅうちょう》な英語で説明をはじめた。

工場の中は見学コースが決まっている。部品が無駄なく運ばれ、組みたてられ、そして車になるまで、段階を追って見ることが出来た。学生たちも「ＯＨ！」と盛り上がっている。私も黙々と作業を進める作業員を見ながら、

「トイレに行くときは、どうするんだろう」

「ベルトコンベアーの上で間違っちゃったら大変そうだな」

「やっぱり作業員の方は車好きが多いんだろうか」などととりとめもなく考えていた。

私には絶対に出来そうもない難しい作業を軽々とこなしている作業員たちに尊敬のまなざしを送る。トヨタの作業効率の高さは、この日本人の器用さにあると実感する。

アメリカ人が同じことをこなすのは難しいのではないか、などと考えてみる。

工場見学が終わると、電気自動車の試乗と、トヨタ側のプレゼンテーションだ。お昼にはお弁当までごちそうになり、トヨタが私たち学生にこんなに親切に対応してくれるのが、うれしくなった。プレゼンテーションでは、トヨタがいかに環境に気を遣っているかという点が強調された。その後の学生との質疑応答にも、熱心に応じて下さった。

トヨタ訪問が終わると、新幹線の駅へ向かうバスの中で私は質問攻めにあった。

「質問に答える担当者が、たくさんいるのはどうして？」

「日本企業って僕たちに自社の社会貢献ばかり強調するのは、どうして？　オムロンもそうだったよ」

「広報の女性はなぜみんな制服を着ているの？」

トヨタでは、プレゼンテーションの際、質問に答える担当者がアメリカ人も含めて三、四人いたと思う。これに通訳の女性と広報の女性が同席していた。アメリカでは、通常、質問に答える担当者（企業の経営陣）はだいたい一人で、それに補助的な役割で一人いるぐらいだ。

「質問に答える担当者が多いのは、日本的な親切よ。どんな質問が来るかわからないから、役割分担して答えているんだと思う。ほら、私たちがGE（米ゼネラル・エレクトリック社）の品質管理とトヨタの品質管理を比較する質問をしたとき、ちょっと困っていたでしょう？」

「日本企業の経営陣って、会社のこと把握してないの？」

「そうじゃなくて『わかりません』『答えられません』っていうのが、お客さんに対して失礼だと思うから、答えられそうな人を事前にたくさん用意しておくの」

アメリカ人の経営者だと、わからなくてもうまくその場を取り繕う術《すべ》を心得ていて、器用に切り抜けてしまう。

トヨタ、オムロンの両社が結果的に企業の社会貢献を強くアピールするプレゼンテーションをしたのは、私たち日本人学生の事前の詰めが甘かったためだと反省した。オムロンでも、同じように社会貢献についてのビデオを見て、障害者の方たちが働く工場を見学したのだという。参加者たちは、企業のオペレーションに直接関わること、作業効率や品質管理など、つまり「どうやって儲けているのか」について、もっと知りたがっていたのだ。学生たちの希望を私たち日本人学生が、事前に伝えるべきだった。

日本人女性の制服については、私も気になっていた。このあとのソニー訪問時でも、共通して言えることなのだが、「とても会社に関する知識が深く、英語も流暢で、優秀な」女性が制服を着ているのだ。男性はスーツで、女性は制服。しかも彼らに言わせると、「スーツの男性より、制服を着た女性の方が、会社についてよく知っていて、説明もわかりやすいのに、補助的な役割を象徴するような制服を着用しているのはおかしい」ということらしい。

日本は女性の社会進出がすすんでいないというのは、世界的に有名らしく、ビジネススクールでもよくそのことについて質問された。

「日本は女性の管理職がほとんどいないんでしょう？」

「私が勤めていた会社の取引先の日本企業で、とても優秀な女性がいたけれど、いつまでたっても昇進しないのが不思議だったわ」

そして最後には「チエはもちろん、アメリカの会社に就職するでしょう？」とくる。コロンビアの日本人留学生は、男性はほとんど会社派遣で女性は私費というのを友人たちは知っているから、余計にそう思うのかもしれない。実際は日本企業で活躍している女性はたくさんいるのに、世界に伝わっていないのはもったいないと思った。

トヨタのあとは、東京でオートバイテル・ジャパン、キッコーマン、ソニーを訪問した。

ソニーでは、メディア・エンターテインメントに関連した最新技術を体感できる見学コースに案内され、一同大はしゃぎ。AIBOの開発担当者のお話をうかがったあと、AIBOで遊ぶというおまけつきだった。

日本企業の見学は、日本人の私から見てもとても新鮮だった。特に現場が好きな私は、ケースを読むよりも、実際に企業を訪問し、自分の目で見られるのが楽しくて仕方がなかった。

どの企業が特に印象に残ったかというのは、人それぞれだ。たとえば、クルマ好きのマイケルは、「トヨタが一番おもしろかった。あの工場の中に何日いてもきっと飽きないよ」と言う。

引率のハルボーン教授は、ソニーが特に印象的だったようだ。

「トヨタは、日本の典型的な企業で、規律正しいよね。ただ、少し堅苦しかったかな。アメリカの工場見学は、もっと気軽に作業員に話しかけたりできるからね。ソニーのクリエイティビティーを育《はぐく》む文化は素晴らしい。子どものように純粋な心を持った大人たちが生き生きとしている」

もちろん、オムロンやキッコーマンなど、どの企業でも、机上では得られない新しい発見があり、私たちは熱心に質問させていただいた。また快く私たち学生を受け入れて下さったことに、感謝の気持ちでいっぱいだった。

それにしても、企業訪問以外の時間、「ツアコン」としての役目を果たすのは大変だった。まず苦労したのが食事。アメリカ人は偏食の人が多いし、宗教上、食べられないものがたくさんある。東京で安くてしかも英語メニューのある店はゼロに近い。居酒屋などで代表してまとめてオーダーすると、来た料理を見て言う。

「私、食べられないものが多いから、私だけ別勘定にしてね」

あー、もうカンベンしてよ！

渋谷を案内したときは、男性陣が興奮して大変だった。

「OH！　これはタイムズスクエアだ」

「あれは何だ！　バービー人形がいっぱいいる」

ちょうどヤマンバギャルが流行っていた頃で、皆、日本の女の子と写真を撮りたがる。

「チエ、たのむよお！」

そして私は、街で女子高生に声をかけるあやしい日本人になってしまった。が、ここで威力を発揮したのが、パパというアフリカのコートジボワール出身の友人。彼は背の高い黒人で、髪も金髪に染めていたから、バスケットボールの選手に見えた。

「すみません。私たち、アメリカのコロンビア大学の学生で日本へ遊びに来てるんですけど、友人が一緒に写真を撮りたいと言っているんです」

「キャー！　彼はバスケの選手ですか」

「えー、ちょっとね」と適当なことを言うと、ほとんどＯＫになった。

「ＭＢＡじゃなくてＮＢＡだね！」

パパはちょっと得意げだ。

東京滞在中は、毎晩、六本木に飲みに行きたいとせがまれた。こっちはヘトヘトだが、彼らの体力は尋常ではない。外国人が多く集まるバーでは、私たちの中の一人が偶然ケンカに巻き込まれてしまって、とてもコワイ思いもした。黒人の用心棒につまみ出されて、「命が惜しかったら、もうここへは来るな」と言われたのだ。

ところが翌日。彼らは懲《こ》りずに、六本木で似たような店を見つけて、ひたすら飲み続けたと聞いた（私は風邪でバテて、もう行かなかったのだ）。

シェークスピアで帝王学を学ぶ

コロンビアビジネススクールには看板授業がいくつかあるが、私が二学期目にとった「真のプリンス（君主）を探して」（In Search of Perfect Prince）は、間違いなくその一つだ。ジョン・ホイットニー教授が教えるリーダーシップの授業で、選択科目だった。

ビジネススクールでの私の成績は、中ぐらいだったが、リーダーシップ関連の授業だけは得意だった。たぶん、あまり数字が出てこないからだろう！

ビジネススクールの成績評価は、H（High）、HP（High Pass）、P（Pass）、LP（Low Pass）、F（Fail）という五段階だ。日本の大学式に言えば、H＝Aまたは優、HP＝Bまたは良、P＝Cまたは可、LP＝CとDの間またはギリギリ可、F＝Dまたは不可だ。必修科目は、クラスで二〇％がH、六〇％がHP、二〇％がPまたはLPと配分が決まっている。選択科目では、教授がそれぞれ配分を決める。私の成績表は、八割がHPで、二割がH。奇跡的なことに、Pはなかった。そのHを貰えた授業の一つが、「真のプリンスを探して」だったのだ。

ホイットニー教授は、もともとはターンアラウンド（企業の業績回復）の専門家として有名だ。自ら社長、会長として、企業を立て直した経験もある。そして最近になって、リーダーシップそのものに研究の焦点が移り、行き着いたのがシェークスピアだったという。もう七十歳を過ぎているので、目も耳も若干衰えているが、真っ白な髪で、シェークスピア劇の俳優のような風格がある。

授業では、シェークスピアの七作品「リチャード二世」「お気に召すまま」「ヘンリー四世（第一部）」「ヘンリー四世（第二部）」「ヘンリー五世」「ハムレット」「コリオレイナス」「ジュリアス・シーザー」に加えて、マキャベリの「君主論」とホイットニー教授の「パワー・プレイズ」を全《すべ》て読まなくてはならない。これに、さらに副読本がついていて、経済記事などを読む。

シェークスピアの作品は、読むだけではなく、ビデオか映画で見ることを勧められる。ビデオはコロンビア大学の図書館にあり、映画は、週に一度、助手が課外時間に上映してくれる。毎週、一作品を理解して、関連する経済記事を読んで、宿題をやる。月曜日の授業だったので、この時期、私の金土日はほとんど全て「プリンス」のために潰《つぶ》れてしまった。私はまず日本語の翻訳本を買い揃《そろ》え、それをちらちら見ながら映画を見るという方式で内容を理解していった。さらに英語の本も買い揃え、宿題の中で台詞《せりふ》を引用するところは、翻訳本と照らし合わせてから引用した。

さて、この看板授業の内容だが、たとえば二〇〇〇年五月十五日の授業のテーマは「リチャード二世とジャック・ウェルチ」。そしてこの日の授業のために出された宿題。

「あなたにウォールストリートジャーナルから、リチャード二世とジャック・ウェルチのリーダーシップの違いについて書いてくださいという依頼が来ています。五百語以内で、読者の興味をひくようなおもしろい記事にしてください」

リチャード二世は、実在した十四世紀のイングランド国王。シェークスピアの「リチャード二世」は、要約するとこんな物語だ。若くして即位し、一時は栄華を極めていたリチャード二世だが、そのひどい浪費癖のため国庫を貧窮させてしまう。重税など国民の負担によってしのごうとするが、一向に経済は改善しない。国民から支持されなくなった国王は、情緒不安定になり、気に入らない貴族は敵と見なし追放。最後は、政争に破れて国王の座を追われ、暗殺者の手にかかって殺されてしまう。ジャック・ウェルチは、ＧＥ（ゼネラル・エレクトリック社）の前会長で、アメリカでは「カリスマ経営者」として崇拝されている。およそ二十年間、会長の座にあり、ＧＥ

を時価総額四千五百億ドル（一九九九年末）企業にまで、成長させた立役者だ。要は、リーダーとして成功した人と失敗した人を比べなさいということだ。

私は、彼らの明暗を分けたのは、「人間」への信頼の仕方と「変化」への対処の仕方だと書いた。

リチャード二世は、人間不信が原因で自滅していったリーダーだ。生まれながらにしてリーダーとしての地位が与えられていながら、それを守るために暗殺や裏切りの恐怖におびえ、人を疑いつづけた。彼にとって、自分以外の人間は、すべて敵。父親さえも。そして国民は、「命令を下す対象」だった。逆にジャック・ウェルチは、労働者階級の出身だ。彼は、トップへと登りつめていく過程で、「どういう人がリーダーになっていくのか」ということを学習していく。そして、リーダーとして、部下の力を信じ、それを生かすことが、どんなに重要かということを知る。ウェルチは、無能な人材は容赦なく切り捨てる「厳しい経営者」としても有名だが、一方で、数千人の社員一人一人にアンケートをとって、社員の意見を聞くという一面も持っている。

彼は経済誌のインタビューでこう断言している。

「私が達成してきたことの中で、最も重要なことは、すばらしい人材を見つけてきたことです」

変化については、リチャード二世は否定的。ウェルチは肯定的だ。リチャード二世は自分の豪華な生活を変えたくないから、国民に重税を課す。変化がおこるたびに、これは自分をおとしめるための策略だと思う。一方、ウェルチは、ＧＥが成長してきたのは、変化のおかげだと言ってはばからない。一九九九年に放送されたＮＨＫスペシャル「企業革命」のインタビューでも、「社員をわくわくさせて、飛躍させているのは、変化だ。変化をおそれない文化がＧＥにはある」と明確に答えている。このように両者を比較しながら、私は宿題の最後をこんな風に結んだ。

「リーダーとして成功するのに生まれた時の家庭環境は関係ないと思う。結局はその人が持っている『リーダーとしての素質と能力』が決め手となるのではないか」

課題はこのように、物語の中のリーダーと実際のビジネスリーダーを比べるものから、「あなたがある会社の人事部長だったとします。ヘンリー四世に出てくる主要な登場人物をどのように配置しますか」といったものまで様々だった。授業は、この宿題のテーマに基づいて、映画を見ながら議論していく。間に休憩をはさむが、三時から六時までひたすら議論する。私はこの授業では、よく発言した。週末の予習のおかげもあり、話の内容が非常によくわかったからだ。超文系人間の面目躍如だ！　ホイットニー教授も議論の進行のしかたが本当にうまい。三時間も議論するなんて飽きるだろうと思うが、これがあっという間なのだ。しかも、たまに学生に内緒で大芝居をぶったりするので、俳優顔負け。たとえば、授業の途中で、ダーモットという学生とこんな芝居をやってみせた（事前に打ち合わせしていたことは後から判明）。ダーモットは、見るからに人がよさそうなアイルランド系アメリカ人男性。同じクラスターXのクラスメートだ。

「ちょっとダーモット、君は私が教えている最中に、ウォールストリートジャーナルなんか読んでいるのかい！」ダーモットの席までつかつかと寄っていって、怒鳴りだす教授。

「いえ、読んでいません。ちらちら見ていただけですよ」

「いや、読んでいただろう」

「読んでいませんよ」

「君の態度は私にとってもクラスの皆にとっても失礼千万だ。許せん！　君は授業を受ける資格はない。今すぐ教室から出ていって、サフワン副学長のオフィスで待っていなさい」

「先生、ご冗談を」

「何をバカなことを言っているんだ。私は本気だ。荷物をまとめて出て行きなさい」

そして、ダーモットは教室から出て行った。シーンと静まりかえる教室。

「君たちも気をつけなさい」緊張が走る。

「さて、今の私とダーモットのケースだけれど……あっ、その前に、ケン（教授の助手）、ダーモットを呼んできて。もう帰ってきていいよって」

笑いを必死にこらえながら、ダーモットが戻ってくる。

「ダーモット、協力ありがとう」

一同、大爆笑。なーんだ、大芝居じゃないか！

「プリンス」は、私にとって、間違いなく、最も印象的な授業だった。ビジネスという分野の中で、やっと自分の得意科目を見つけられたからだ。一学期に学んだ五つの必修科目は全部、ファイナンスも会計Iも統計もマーケティングもミクロ経済も、私にとっては「苦行」だった。好きではないけれど、知っておくと役に立つ学問。そう言い聞かせながら、しぶしぶ勉強していた。ところが、リーダーシップの授業は、おもしろかった。週末が全部つぶれても苦にならなかった。

この授業、クラスターXのクラスメートがたくさんとっていて、「チーム・ヒッキー」のメンバー、パブロ、デイブ、エリックもとっていた。そして、私は初めて、この授業で天才パブロ（GMAT七八〇点）に勝った。中間テストの評価がHPだったパブロは、不服そうだった。

「チエの成績は？」

「私はHよ！」ちょっと得意げな私。

「えー、おかしい。ちょっと僕のエッセイ、読んでみてよ。どこが悪いのかなあ」

読んでみたが……天才パブロに文学的な才能はなかった。

「何でチエがHなのかなあ」

「当たり前じゃない。人を動かす仕事をしてきた経験の違いでしょ。テレビディレクターってたくさん人を指揮するからね」

ふふ。パブロに勝った。私に自信を与えてくれた「プリンス」に乾杯！

苦情で英語が上達？

ヒビの入ったランプ。コードから煙が出てくる電気スタンド。再生すると変な横じまが入るビデオ。インクがちゃんと出ないＦＡＸ。まっすぐ立たず組み立て中に私を押しつぶし壊れてしまった本棚。ねじが足りないテーブル。

私がアメリカで「当たってしまった」不良品たちである。ニューヨークで暮らし始めてまもなく、ベッドなどの大きな家具はレンタルにしたのだが、家電や小さな家具は買い揃えた。ところがこれが想像を絶する不良品の嵐だったのだ！　私に「不良品おばけ」がとりついていたとしか思えない。買うもの、買うもの、すべて不良品で、取替えに行くのが一苦労。文句を言うのだが、向こうは慣れたもので、絶対謝らない。たとえば、「再生すると横じまが入るビデオ」を売りつけた量販店では、「返品ね。じゃあ取りかえるわ。あら、箱がないじゃない？」

「箱なんか、捨てたわよ。レシートがあるんだからいいでしょ？」

「今回は特別に展示品にするわ。次回からは気をつけてよね」

不良品を売りつけたのは、どっちかと思いたくなる。こういうやりとりはしょっちゅうで、ほとほと疲れた。

日本に帰ってきて、キンコーズというコピー屋さんを利用したとき、同じキンコーズでもアメリカなら二日はかかるようなことを、三十分でやってくれたときには本当に驚いた。日本の店員さんは世界一親切、丁寧だ。おそらく、売っているモノの清潔さ、種類も、日本は世界一だと思う。

アメリカでは、ガラス棚の中でケーキの上をハエがブンブン飛んでいたり、スーパーマーケットで売っている果物がホコリだらけだったり。セール品の洋服なんかもちょっとくたびれた感じのものが多い。アメリカ人は、パーティーなどでよそ行きのドレスが必要になると、前の日に買って、一日だけ着て、写真を撮って、次の日に返品するなんてことを平気でやる。クリスマスプレゼントも、新品のまま返品して、換金することもあるという。

そのかわりアメリカの製品は、極めて合理的に出来ている。家電製品も余分な機能がついていなくて使いやすい。日本なら一冊ある説明書も一枚の紙切れで、極端な話、英語が読めなくてもわかるように書いてある。合理的だけれど雑。そして苦情が当たり前の世界だ。

モノ以外でも、アメリカ生活のはじめは相当トラブった。一つは、前述のアパートだ。月千八百ドルもする「うなぎの寝床」は、何と騒音アパートだったのだ！　壁に埋め込まれたスチーム管が、四六時中カンカン鳴って、耳栓をしないと眠ることもできない。ドアマン、アパートの管理会社、仲介した不動産会社、ありとあらゆるところに苦情を言いに行く。手紙を書く。騒音をテープに録音する。

結局、アパートの管理会社が調べて、構造的な問題で修理はできないという結論だったので、まずは窓口となっている日本人のおじさんブローカーに解約を申し出る。すでに何度か騒音の苦情で電話していたが、いつも投げやりな態度だった。

「一応不動産会社に伝えますけれど、解約は出来ないと思いますよ」

「不良物件を押しつけておいて、解約が出来ないってどういうことですか」

「とにかく、ブローカーは解約の意向を貸し手である不動産会社に伝えるだけですから」

数日後。「やはり解約は出来ませんね。私の責任はここまでですから。それに苦情を言うのがおそすぎましたね。入居直後だったらこちらも対処のしようがあったんですがねえ」

日本人が日本人をだますなんて、もう許せない。今度は例の、MBAを持っているというアメリカ人のおばちゃんブローカーに訴える。

「解約して残りの家賃を返してください」

「無理ですね」

それはないだろうと電話をかけ続けると、とうとう電話に出なくなった。怒りに震える声で留守電に吹き込む。

「お金を返してくれなかったら、訴えてやる！」

部屋のオーナーは日本の不動産会社だった。大騒ぎした結果、最終的には日本人の経営陣に話が行って、やっとまともに対応してくれた。そこで雇われているアメリカ人は、おばちゃんも含めて、絶対に譲らなかった。日本人重役が騒音のテープも聞いてくれて、残りの前払いの家賃も戻ってきた。日系の不動産会社だったのが、不幸中の幸いだったのかもしれない。

ニューヨークに在住している友人によると、こういう騒音トラブルはよくある話らしい。普通は、対処してくれないと来月の家賃を払いませんよ、といって交渉するのだけれど、私の場合、学生だったため一年分の家賃を前払いでとられていたのが痛かった。

次に引っ越した西五十七丁目のアパートは「うなぎの寝床」に比べて、天国のようなアパートだった。リンカーンセンターやカーネギーホールに近いという立地のよさはもちろんのこと。二十四階の部屋は日当たり抜群。部屋も一回り以上大きい。家賃は前より少し高い程度だ。しかも仲介料はゼロ。不動産会社も管理会社も全部ちゃんとしている。最初からここにすればよかった……。

留学後まもなく、電話料金の支払いでも大変なトラブルに巻き込まれた。最初の月の請求書には身に覚えのない金額が！

「国際電話料金。千四百ドル」

何だ、これは！ 安い国際電話のプランをインターネットで申し込んだら、正規料金で請求されて、一ヶ月二十万円近い請求が来たのだ（次の月の請求でさらに六百ドル）。アメリカで日本のように銀行からの自動引き落としサービスが進まないのはなぜなんだろうと思っていたら、この手の請求書の間違いが異常に多いかららしい。もちろん電話会社のカスタマーサービスに苦情、苦情、また苦情。

「ミス・サトウ、あなたの気持ちはわかりますが、私にはどうしようもありません」

「インターネットで安いプランに申し込んだという証拠はあるのですか」

「ここでは対応できないので、手紙を書いてください」

「あなたはもうわが社のサービスを解約していますから、対応できません」

あの電話会社に何回電話したかしれない。電話し続けて、半年ぐらい経《た》って途方にくれていたとき、たまたまABCテレビで消費者団体の代表が、電話会社の不正請求について語っていた。

この人に訴えるしかない！　すがる思いでインターネットで連絡先を探し出し、「助けてください」とメールを送ると、そのメールがワシントンポストの記者にまわり、大きな記事にしてくれた。「かわいそうな留学生チエ・サトウ」の記事だ。私への二千ドルの請求は、記事が掲載されたその日に、トップダウンで解決した。百ドル程度になったのだ。何とアメリカらしい（後にこの電話会社は倒産してしまった）。

不良品に請求書トラブル。苦情を言うのも、慣れっこになってしまった。しかし、私の英語力は飛躍的に向上した。苦情で英語が上達するなんて、あまり誉められたものではないけれど、人間、差し迫るとこんなに単語が出てくるものだと自分でもビックリするほど、英語を話していた。

それにしても勉強だけでも大変だったのに、最初の半年はトラブルだらけで、ヘトヘトだった。

ラブ＠コロンビア

「チエは誰かつきあっている人いるの？」

恋愛話が好きなのは、どこの世界でも同じらしい。私のクラスは、女性同士の仲が良く、女性限定パーティーがしばしば企画された。パーティーの場所は誰かがボランティアでアパートを提供し、食べ物と飲み物はみんなで持ち寄る。女性は二十人ほどいて、結婚している人もいるが、独身女性も多い。

「クラスでかっこいい人ベストテンは？」

「いまつきあっている人とのなれ初めは？」

順番に質問されて、白状しなくてはならない。クラスでかっこいい人ベストテンだが、これは人種によってかっこいいと思う基準が違うらしく、皆、それぞれ好みが異なっていた。ちなみに私の中では、アンドレア（独身）というイタリア人とカルロス（既婚）というヨーロッパの王族がトップを争っていた。

アンドレアは、俳優のアンディ・ガルシア似で、モデルのようにかっこいい。授業のときは、わざと彼の顔がよく見える席に座って目の保養にしていたものだ。愛読書は『キッチン』。イタリア人なのに、吉本ばななファンだ。吉本ばななの本は、イタリア語に翻訳されていて、『キッチン』以外にも詳しかった。もしかして、日本人のこと興味あるかしら? そう思って、ミーハーな私は、このクラスで一番人気の「アンディ・ガルシア」に、いろいろ話しかけてみたが、彼は学校中の女性からモテモテで、アジア人など全く眼中になかった!

カルロスは、さすが王族。身のこなしが優雅だ。顔は王族のハンサム顔。うまくとえられないが、何ともいえない気品がある。

さて、つきあっている人トークだが、当時、日本に彼氏がいた私は(のちに別れるのだが)、ワインでちょっと酔っ払った勢いで「時差を利用して、互いにモーニングコールをしているの」という話をした。この話が異常にうけて、皆、事あるごとに言うようになった。

数ヶ月後のこと。仲良しのダフネが聞いてきた。

「チエチャン(ダフネは私のことをこう呼ぶ)、相変わらず、モーニングコール、続けているの?」

ダフネは褐色の肌にグリーンの目をしているエキゾティックな美人。人格者で大好きな友人の一人だ。しかも日本人にもわかりやすい、とてもきれいな英語を話す。

「もうその人とは別れた」

明るく答える私。つきあった期間も短かったし、あまり未練もなかったのだ。

「オー、アイムソーリイー！　知らなかったわ」

「料理やれとか掃除しろとか外で働くなとか、典型的なジャパニーズ・マンだったのよ」

「それは別れて正解よね！　チエにはそんな人、合わないわ」

私は恋愛ごと（もどき）は、いつもダフネに相談していた。欧米人の男性が考えていることは、よくわからないからだ。

「ねえ、ダフネ、ピーターがオペラに誘ってきたんだけど、どう思う？」

「いつ誘ってきたの？」

「オペラがある当日」

「それは、ラースト・ミニッツね。ピーター、誰かにふられたのよ。きっと。レディーを誘うには、失礼なやり方よ」

さすが、ダフネチャンだ。

ビジネススクールは、〝出会いの場〟でもあるから、学内でくっついたり、別れたりというのは、しょっちゅうだ。日本のビジネススクールから交換留学生で来たと思ったら、すぐにアメリカ人の素敵な彼を見つけて、そのまま結婚してしまった日本人女性もいた。

コロンビアビジネススクールでは、春と秋に盛大なプロムがある。学生版舞踏会のようなもので、男性は蝶《ちょう》ネクタイ、女性はドレスと正装する。相手がいない人は、ここでかなり気合を入れる。夫婦、カップルで参加する人はいいが、そうではない場合、一人では行きづらいのでみんなで事前に集まってから行く。いつも、クラスの宴会部長キャシー(独身)が「相手がいない人で集まって一緒にプロムに行こう会」を主催してくれた。

プロムはニューヨーク市図書館、グッゲンハイム美術館など、ニューヨークらしい、ちょっとヒップな場所を借りきって行われる。参加費用は八十ドルぐらい。残りは投資銀行などからの寄付でまかなわれる。生バンドが、ロックからムード満点のバラードまで歌ってくれる。ワインなどの飲み物と、ちょっとした食べ物がつく。

困ったのが社交ダンス。とてもじゃないけど踊れない。欧米の男性はリードがうまいので、それにがんばってついていけばいいのだが、ステップが合わない。相手も踊りにくそうにしていたりして申し訳なかった。それにしても欧米人はこういうダンス術をいつ身につけるのだろう？　日本人が体育の時間にフォークダンスをやっているときに、社交ダンスをやっているのだろうか。それとも親が教えるんだろうか。

コロンビアでは素敵な男性にはたくさん出会えたけれど、残念ながら（！）素敵な彼氏にはめぐり会えなかった。タイ人のシャンプーとよく言っていたのだが「私たちは、アジアではアグレッシブすぎ。アメリカでは、ちょっとコンサーバティブ。難しいポジショニングなのよね！」。

どうも私は晩婚らしい（？）ので、根気強く、チャンスを待つことにしたい。

生で聴く世界のリーダーたちの言葉

コロンビアビジネススクールの卒業生で、最も有名なのは投資家のウォーレン・バフェット氏だ。総資産五兆円といわれる世界有数の資産家で、ビル・ゲイツとともにフォーブス誌の億万長者ランキングの常連だ。二〇〇二年もビル・ゲイツに次いで、第二位だ。

バフェット氏は、母校をよく訪問してくれるそうで、私の留学中にも講演に来てくれた。コロンビアビジネススクールの最大の利点として、ニューヨークという土地柄、有名な経営者が気軽に来校して講演してくれることがある。私が在学した二〇〇〇年から二〇〇一年にも、バフェット氏をはじめ、スターバックスのハワード・シュルツ氏、シティグループのサンディー・ワイル氏、デルコンピュータのマイケル・デル氏、イスラエルの元首相ベンヤミン・ネタニヤフ氏など、講演に来てくれたリーダーたちは、枚挙にいとまがない。

バフェット氏の講演は、学校が招聘《しょうへい》した特別講演で、チケットは早い者勝ちだった。ビジネススクールで最も大きい教室が三百人程度しか収容できないからだ。世界で二番目のお金持ちを見たい！　私のミーハー心がうずく。情報通でタイ人のシャンプーから、「バフェット来校」の情報を聞きつけるや否や、すぐにチケットを貰いに行った。五兆円という資産を持ち、お金から全く自由になった人が、何を求めて生きているのか。私はとても知りたかった。

バフェット氏は五兆円あっても、七十歳になっても、まだ働いているのである。

「すごいよなあ。ここにいる学生の卒業後の年収を全部足しても、足元にも及ばないんだもんなあ」と中国系アメリカ人のＪＴ。

生で見るバフェット氏は、「優しそうなおじいちゃん」で、ぎらついたところが全然なかった。

「私の人生で、最も幸運だったことは、ハーバードに落ちて、コロンビアビジネススクールに来たことです！」学生からの大拍手。さすがバフェット、つかみはＯＫだ。

この特別講演では、彼の奥さんや息子さんたちも聞きに来ていて、とてもリラックスしたムードだった。特に、講演の後の質問コーナーが、圧巻だった。

「お金を持っていることで、普通の人とどう違うと思いますか」

「私だって、皆さんが暑いときは暑いし、寒いときは寒いんです。病気になることもあります。その点では普通の人と同じです。ただ、経済的には自由です。お金のために働くということはありません」

物欲から解放された人の言葉は、とても哲学的だ。

「それでは、何のために働くのですか」

「おもしろいからです。投資先を見つけて、それが育っていくのがおもしろいんです。私はむやみに株を売買したりしません。ずっと持ち続けているから、今の私があるんです」

確かにバフェット氏は、コカ・コーラ、アメリカン・エキスプレス、ウォルト・ディズニーなどがまだ小さな会社だった時代に投資し、現在まで株を持ち続けている。

「それでは、その投資先を探すコツを教えてください（笑）」

「勘で判断しないことです。私は勘で投資したことはありません。すべて出来るところまで分析した結果です。それから景気に惑わされないことですね」

未来を予測する投資に、勘を使わないというのは意外だった。投資なんか競馬の予想と同じだと思っていたからだ。また、景気の浮沈に影響されずにいるというのも勇気がいることだ。ＩＴバブルに躍らされなかった理由はそこにある。

バフェット氏が投資を決定する際に使う分析方法は、企業秘密で明らかにされていない。ただ、コロンビアビジネススクールのブルース・グリーンウォルド教授（バフェット氏の友人）によれば、バフェット氏は自分がビジネスモデルを確実に理解できる「限られた分野」でしか勝負していないという。

バフェット氏の成功の要因は、自分が儲けることを第一目標に投資しなかったことだと思う。「自分が見込んだ企業が育っていくのがおもしろい」というのは本音で、その結果として、たまたま大金持ちになってしまったのではないか。

世界のリーダーたちに直に触れられるのは、何て贅沢なことだろうと思う。もちろんNHKにいれば、バフェット氏にだって会おうと思えば会えたのだろうが、学生として会うのと、マスコミの人間として会うのとでは、相手の心の開き方が違う。

イスラエルのネタニヤフ元首相の講演は、物々しい雰囲気の中で行われた。会場に入るのにも厳しいセキュリティーチェックがあり、会場の中と外に多くの警備員が配置された。

ネタニヤフ氏は、プレゼンテーションの達人だ。一般的に、講演に来るリーダーたちは皆、話がうまかったが、特にネタニヤフ氏はピカイチだった。彼の政治的な立場には、賛否両論あるだろうが、生まれながらのカリスマ性に加えて、わかりやすい言葉で人を説得する術を心得ていた。ちなみに彼は、私が働いていた経営コンサルティング会社ボストンコンサルティンググループの先輩でもある。

「FREEDOM OF ECONOMY」

「PEACE WITH SECURITY」

ホワイトボードに大きな文字で書く。ネタニヤフ氏には二つの信念があった。

「経済は国家から自由であるべき」「平和は安全保障によって創《つく》るもの」

「私は自由市場政策こそ、理想的な経済のあり方だと信じています。すべてのお金と優れた人間は自由な社会へと流れるからです」

彼は自分が首相時代に実行した経済自由化政策を語った。国営企業の民営化、外国資本の導入、ハイテク産業への助成などの政策を次々に書く。そして自分が何をやって、その結果、イスラエルの経済はどう改善したかというのを、数字とグラフで明確に語った（ちょっと経営コンサルタント風だ！）。平和は安全保障によって創るもの、という思想は、タカ派で有名な彼の安保政策の根幹を成すものだろう。その急進的とも言えるテロ撲滅政策は、「人間とは争うものだ」という思想がまず大前提としてあって、それゆえ平和は「勝ち取るもの」であるという考えに基づいている。

ネタニヤフ氏の講演は、とてもわかりやすく、聞きやすく、説得力があった。日本のリーダーとはやはりプレゼンテーション力で大きな違いがある。

日本は当時、森首相時代。森元首相はビジネススクールの授業でも、「ギャグのネタ」として使われていて（クリントンに向かってHow are you? と言うべきところ、森元首相は、Who are you? と言って面食らわせた話など）、恥ずかしい思いをした。日本に、ネタニヤフ氏のようなカリスマ性と大衆へのアピール力を兼ね備えたリーダーっているだろうか。演説の達人という意味では、ネタニヤフ氏はクリントン元大統領にちょっと似ている。

講演の後は、お決まりの質疑応答だ。クラスメートのアミール（イスラエルからの留学生）が、早速こんな質問をした。

「先日、ルーセント・テクノロジーズ（アメリカの通信会社）が、クロマティス・ネットワークス（イスラエルのハイテク企業）を四十五億ドルで買収しました。イスラエルの最も重要な資産である『優秀な人材』や『知力』がアメリカに流出してしまうことについて、どう思いますか」

さすが、アミール。なかなか鋭い質問だ。

「外国資本が入ることは、イスラエルの企業を大きくして、国内雇用の拡大にもつながるから、望ましいことだ。アメリカ企業がイスラエル企業を買っても、それは自由市場の論理に従っているだけだ。我が国からの人材の流出については、政府の経済政策によって食い止められるはずだ。法人税の優遇によって、本社をイスラエルから移転させないというのも手だろう」

経済の問題については、堂々と答える。ところが、政治の問題については、慎重に言葉を選び、本音は見せなかった。学生が質問をしても、「その質問には答えられない」という場面があったのは、ちょっと残念だった。

ネタニヤフ氏は私の在学中に二回来校している。一回目ですっかりファンになってしまった私はもちろん二回目も拝聴。そしてその講演後、ラッキーなアクシデントがおこった。私はパブロと一緒に一番前に座っていたのだが、帰り際《ぎわ》につかつかと私の方に寄って来た。

「どこの国の出身？」キャー！　近くで見ると、ネタニヤフ、かっこいい。

「アイム・フロム・ジャパーン！」

何というミーハー女。

「勉強、がんばってね」

と言って、手を差し出したので、ぎゅっと握手してしまった。

「見た見た？　パブロ。握手しちゃったあ」

「チエ、バカだなあ。ジャパンから来たなんて当たり前すぎて、話もはずまないじゃない。コスタリーカとか答えればよかったんだよ」

うるさい、パブロ。

スターバックスのハワード・シュルツ会長の講演は、アメリカンドリームを絵に描いたような話だった。ニューヨーク市ブルックリンの貧しいユダヤ人家庭に生まれたシュルツ氏にとって、スターバックスは自分の理念を実現するものだという。「貧しいものから搾取する社会であってはならない」という理念だ。シュルツ氏は、ボロボロの共同住宅に住んでいた自分の少年時代を語り、父親が職場で足をくじいて、失業したときの話をした。

「足にギブスをはめて、何もできずに家に引きこもっていた父親のみじめな姿が、今も記憶に残っています。父は社会の負け犬でした」

シュルツ氏は、父親を反面教師として育ったのだ。

「しかし、私は、弱い者を見捨てるような社会であってはならないと、父を見て思いました」

だから、スターバックスは、アメリカでも社員の福利厚生が手厚いことで有名なのだ。

「年齢、性別、生まれに関係なく、誰にでも平等にチャンスを与え、社員を大切にする企業でありたいのです」

会社を通じて、自分の理念を実現する。こんな方法もあるんだ。文字や映像を通じてしか、思想は伝えられないと思っていたけれど、会社を通じて、表現する方法もあるなんて。「会社が生き物だ」ということを実感できた講演だった。

ビジネススクールの勉強は、どれも実用的で、表計算ができるようになったり、財務諸表が読めるようになったりするけれど、自分の価値観にまで影響を与えることはなかった。それよりも、世界のリーダーたちが、何を動機に、どんな思想のもとに、会社や国をリードしているのかという本質的な問題に触れられたのが、私の人生の糧《かて》になったと思う。しかも、それは学生だからこそ、ピュアに吸収できたのだと思う。

ビジネススクールに来ると価値観が変わる。よく言われることだけど、やっとそれがわかった。

Ⅳ　ＭＢＡの価値

就職活動でMBAが通用しない

「MBAですか……」

二〇〇〇年八月。私は、東京のある外資系テレビ局で就職面接を受けていた。目の前には、スッピンの女性が座っている。夜勤明けか何かなのだろうか。女性は、面倒くさそうに面接を始めた。

一九九九年十二月に留学してからというもの、一番不安だったのが、就職のことだった。心配で心配で、就職活動のため、休みのたびに何度も日本に帰国していた。二〇〇〇年三月には日本で働くコロンビアビジネススクールの卒業生を訪問し、五月にはジャパン・スタディ・ツアーで帰国。そして八月末に再び外資系テレビ局での面接のために帰国したのだ。

私が入ったMBAプログラムは、一月入学プログラムだ。一月に入学し、一年半でMBAを取得する。そのため夏にも授業がある。通常の二年プログラムだと、ほとんどの学生が夏休み中（六月～八月）に三ヶ月間、企業で高給をもらって学生インターンとして働く。その後、企業から早々に内定をもらうというのが、お決まりのパターンだ。一月入学生のアメリカ人の中には、「インターンをやらないと就職に不利だ」と卒業を三ヶ月おくらせる人もいた。

インターンのためのリクルーティング面接は、一年生をターゲットに秋から冬に行われる。日本からも投資銀行や経営コンサルティング会社が、面接のためにわざわざニューヨークまで来てくれるのだ。コロンビアに入学してまもない一月中旬頃、日本の経営コンサルティング会社のインターン面接が行われるという話を聞いた。経営コンサルティングなんて何をやる仕事か全くわかっていなかったときだった。

「インターン、やったほうがいいんでしょうか」

二年生のツツミさんに相談した。ツツミさんは大手商社を退職してコロンビアビジネススクールに留学。すでに経営コンサルティング会社、外資系銀行など多くの企業から内定をもらっていた。成績も抜群で、「超優等生」だ。二〇一三年現在はマッキンゼー・アンド・カンパニーを経て、ボストンコンサルティンググループで経営コンサルタントとして活躍されている。

九月入学生のツツミさんは、夏休みに経営コンサルティング会社と銀行の両方でインターンとして働いたという。同じく二年生で、メディア出身のヒロコさんも、一月入学生ながら、アメリカの保険会社で、短期間インターンとして働いている。

「私たちの場合、メディア以外に就職するとキャリアチェンジになるから、インターンをやっていないと不利かも」とアドバイスされた。

就職のためなら、卒業が三ヶ月ぐらい遅れてもいいかも……そんなことを考えていた。ビジネススクールのカフェテリアでツツミさんに率直に質問する。

「インターンの面接って受けたほうがいいんでしょうか」

「ビジネススクールの授業を受ける前に、コンサル（経営コンサルティングの略）の面接を受けるのはどうかなあ。インターン面接で落ちると、次に正規で受けるときに不利になるかもしれないよ」

ツツミさんは、MBA式のロジカルな考え方に慣れていないうちは、ヘタにインターンの面接を受けない方がいいという。特に私の場合は、マスコミ出身だから難しいだろうということだった。たとえば、経営コンサルティング会社の面接では、こんな問題が出るんだよ、と彼は私をテストした。

「銭湯を経営しているおじさんが、『儲《もう》からなくって困っている。でもこの銭湯を最低でも十年は続けたいんだ』と相談に来た。どういうアドバイスをする？」

「？」

「ある日系の航空会社の社長がヨーロッパ系に比べてわが社は業績が悪いと相談に来た。あなたならどうアドバイスする？」

「？？」

「あるコーヒーチェーンが新しく出店したいと考えている。どういうところにオープンする？」

「？？？」

頭がウニになる。ツツミさん、ありがとう。今の私には無理です。

「これって、練習したら、何とかなるんですか」

「コンサルのスキルってね、努力で身につけることができると思うよ。大前研一さん（マッキンゼー・アンド・カンパニーの元日本支社長）もそう言っていたし。大前さんって、電車の吊《つ》り広告に出ている企業名を見て、自分ならこの会社をどうコンサルティングしようか、電車の中で考えるクセをつけたんだって。面接も練習しただけ成果があがるから、就職活動がはじまる秋までに練習しておけば、大丈夫だよ」

そう言って、『問題解決プロフェッショナル「思考と技術」』（齋藤嘉則著、ダイヤモンド社）という本を推薦してくれた。ビジネススクールの勉強に慣れる前に、むやみに面接を受けるのはやめよう。経営コンサルティング会社のインターンを早々にあきらめた私は、まずはメディアから様子を見てみることにした。それも外資系がいいと思った。

二〇〇〇年三月。一学期の中間休みに帰国して、外資系エンターテインメント企業で働くコロンビアビジネススクールの卒業生を訪問した。先輩方は、財務部門やマーケティング部門の管理職や重役として活躍されていたが、制作部門はいなかった。やはり、MBAを取得すると、現場ではなく経営管理になるのだろう。メディア関連の企業には、MBAホルダー向けの制作現場の仕事はないのだろうか。

二学期に入って、七月。在ニューヨークのフレッド・カタヤマさんに連絡をとってみた。フレッドさんは元NHKの経済番組のキャスターで、当時、CNNの経済番組の看板キャスターだった。奥さんの久下香織子《くげかおりこ》さんも元NHK衛星放送のキャスターで、現在はフジテレビのニューヨーク支局でキャスターとして活躍されている。フレッドさんとも久下さんとも、NHKですれ違ってはいても、直接一緒に仕事をしたことはなかったので、同期の友人に紹介してもらったのだ。

お二人ともキャスターという華やかな職業なのに、ちっとも気取ったところがなく、しかも謙虚。「理想のカップル」とは、この夫妻のことを言うのだろう。フレッドさんは大変忙しく、電話とメールでの相談となった。

「CNNでインターンとして働いてみたいんです。お力になっていただけませんでしょうか」

初めて電話をするというのに、フレッドさんは本当に丁寧に対応してくれた。

「履歴書を送っていただけますか。人事部に聞いてみますよ」

このあと彼はとても精力的に動いてくれる。

「英語の問題があるので、インターネット部門のマーケティングなら可能性があるかも」と言って履歴書を担当部署に持っていってくれたり、「CNN以外でもアジア系の新聞社が募集していたよ」と情報をくれたりして力になってくれた。普段はお昼ごはんを食べるヒマもないほど忙しいキャスターなのに。しかし残念ながら、CNNは箸《はし》にも棒にもひっかからなかった。

言葉の壁は大きい。お礼方々そのことを伝えると、フレッドさんは、メールでこう励ましてくれた。

「自分のやりたいことを大切に。僕も本当にやりたいことを大切にして、これまで年収が下がったことも何度もあったけど、全然後悔していないよ」

CNNの次に応募したのは、日本にある外資系テレビ局だった。職種はアンカー。

日本経済の動きを取材し、世界に伝えたいというのが応募動機だ。このテレビ局は世界中にネットワークがある。面接に来るよう連絡をもらい、二学期が終了した八月末に自費で帰国した。面接に現れた女性は、元フリーアナウンサーだった方だ。もう四十代ぐらいだろうか。すでに管理職のようで、「古株」の風格があった。

「佐藤さんは、ＮＨＫで政治番組やってたんでしたっけ？」

女性は、疲れていて、けだるそうだった。しかも私が事前に送った履歴書を全く読んでいなかった。またその場で読む気もなかった。音楽番組のことは書いていても、政治番組のことなんか、全く書いてない。それとも、わざと意地悪している？

「この仕事は経済に関する専門知識が必要なんですけれど、佐藤さんってどの程度あるんですか」

「もちろんＭＢＡ留学で学ぶような知識は、ひととおり身についています」

「？？？」

明らかに、ＭＢＡのことを、この女性はよく知らなかったみたいだ。反応がない。

「ＭＢＡですか……」

さらに私は続けた。

「もし特に必要な知識があれば、アドバイスいただけませんか。卒業まで、まだまだありますので、十分に勉強できます」

するとと、面接官はやっとまともに履歴書をまじまじと読み出した。

「えっ、卒業っていつのこと？」

「来年の五月ですけれど」

「この仕事は、今年の年末からですよ。本当にやりたいのであれば、途中で学校を辞めていただくしかないですね」

唖然《あぜん》とする私。

「せっかく苦労して入学したので、卒業したいと思います」

「そのときに、この仕事があるかどうかわかりませんね。日本の会社と違って、空きが出るとその都度、募集していますから」

私、この面接のためにわざわざ帰国したんですけど！　怒りがフツフツと湧《わ》いてくる。何なのよ、この対応は！　十二月に働ける人ってちゃんと募集要項に書いてよね。何という時間とお金の無駄！

ニューヨークに帰ってから、私はこの会社の人事部に猛抗議をした。アメリカ生活も半年。苦情を言うことに、相当慣れてしまったこともあったが、こういうことはちゃんと言わなければと思ったからだ。私は、卒業時期を明記して送った応募書類やそのときのメールを添付して、人事部にクレームを送った。何よりも証拠が重要だ。それから、面接官の態度が非常に失礼だったと書いた。アメリカ人の人事部長（女性）が電話をくれ、丁寧に対応してくれた。

「今回のことは、申し訳ありませんでした。窓口になっていた我々のスタッフが新人だったため、経験不足で情報に行き違いがあったようです」

さらに、面接官の態度については、今回の反省からインタビュートレーニングをすると約束してくれた。そして最後にこう言って、電話を切った。

「もしまだ我が社に興味があるようだったら、年明けにでも連絡してください」

ちゃんと大人の対応をしてもらって、私の怒りはすっかりおさまっていた。同じ会社で、同じ女性なのに、人事部長と面接官、エライ違いだ。アメリカの会社で、カスタマーサービスに電話すると、対応の仕方が人によって全く違う。それと同じで、外資系の会社って、人の能力に非常にバラツキがある（二〇一三年現在、この外資系テレビ局は日本語放送から撤退している）。

それにしても、CNNもそうだけれど、制作現場にMBAなんか関係ないのは万国共通らしい。アメリカのメディア業界では、経営陣にはMBA取得者がたくさんいる。だから、現場でも必要とされているんじゃないか、と考えていた私が甘かった。現場に多いのは、ジャーナリズムスクールの出身者である。ＭＢＡなんてテレビや映画の現場では関係ないのだ。

コロンビアビジネススクールで、私は「映画研究会」に入っていたのだが、アメリカ人の先輩も同じことを言っていた。

「僕はいま独立系の映画会社で働いていますが、映画界ではＭＢＡは全く関係ありません。就職先を探すときも、何十社も履歴書を送って、ロスアンゼルスまで行きましたが、面接を受けることさえ大変でした」

ＭＢＡを取得して、すぐに現場に戻るのはやめよう。せっかくだから、どういう世界でどんな風にＭＢＡが役に立つのかを見据えるまでは。

アメリカでは就職できない

失意の夏休みが終わって、三学期目に入った。夏休みが終わると、人によってはインターン先の企業から内定を貰《もら》い、余裕を持って秋の就職活動本番を迎える。コロンビアの一年先輩であるツツミさんは、すでに秋には一流企業からいくつも内定を貰っていたという。

それに比べて私は——。三十歳、女性、そして日本人。客観的に見れば、就職活動で不利な要素のオンパレードだ。

ＮＨＫを辞めようか迷っていたとき、大学時代の同級生は、こうアドバイスしてくれた。

「日本人女性は、ＭＢＡをとっても年収が下がるって言うよ。ＮＨＫは辞めないほうがいいと思うな」

本当に私のことを思いやってのアドバイスだった。しかし私は逆にそれで燃えた。

「そんなのやってみなくてはわからない」

強気で留学したのだ。しかし、そうは言ったものの、本音は不安で不安で仕方がなかった。企業派遣の人とは違って、仕事が見つからなければ、教育ローンを抱えて途方にくれるしかないのだ。名古屋の実家に帰って「ＭＢＡの家事手伝い」なんて最悪だ。こんなに落ちこんでいる私を見たら、

「ほーら、言わんこっちゃない。ＮＨＫ辞めないほうがよかったでしょう？」

ＮＨＫのおじさんたちに笑われそうだ。それはあまりにも悔しい。世界を相手に大きな仕事をするという、限りない野心を抱いて辞めたはずではないか。ちょっと外資系テレビ局で失敗したからって、落ちこんでいるヒマはないんだ。メディアがダメなら――。

次に考えたのは、とにかくアメリカで就職することだった。せっかくアメリカの大学院を卒業するんだから、世界の中心であるアメリカでビジネスを学んでみたい。ＭＢＡを取得した自分が、社会人としてどういう国のどういう分野で通用するのか。その可能性を、最大限に試してみたかったのだ。

ビジネススクールは別名、就職予備校とも言われる。アメリカ人にとって、ＭＢＡは二十代で年収十万ドル以上を手にするための切符だ。通常の二年コースの場合、選

択科目が始まる二年目の秋から本格的な就職活動に入り、企業によるプレゼンテーションやパーティーが、華やかに催される。一流ホテルでの立食パーティーは普通で、MoMA（ニューヨーク近代美術館）を借りきって説明会を開いた銀行もあった。

コロンビアビジネススクールには、専門のキャリアセンターがある。学生の就職率、卒業生の年収などが、ビジネススクール・ランキングや人気に大きく影響するので、学校も就職活動の支援には非常に力を入れている。オフィスには、卒業生のデータベース、卒業生の履歴書、面接申し込み状の例文、お礼状の例文など、あらゆる情報がそろっている。さらに学校主催で、定期的に「履歴書」「面接」などテーマを決めてセミナーが開催され、極めて実戦的な指導が行われる。

コロンビアビジネススクールには独自の履歴書フォーマットというのもある。「左側は本にして閉じるので何インチあけておく」「名前と住所は右詰め」「紙は何色」「文字の大きさは何フォント」など細かい規定があって、それに沿って学歴、職歴、その他の情報（語学、賞、著書、趣味など）を書く。履歴書作成セミナーでは、良い履歴書、悪い履歴書が比べられ、「この言い回しをこう変えると、こう良くなる」「フォーマットをこう変えると、こんなに見やすくなる」と具体例がいくつも示される。

私は経歴が似ているマスコミ出身者の例を参考にして履歴書を作成した。キャリアセンターでCBSテレビ出身の人の履歴書を見つけて、言いまわしを真似《まね》したのだ。これを二年生の「履歴書アドバイザー」にチェックしてもらい、さらには、センター長に最終チェックしてもらってから、正式な履歴書として大学に提出する。

私の履歴書アドバイザーは、かつて出版社に勤務していたアメリカ人女性だった。

「下の余白が足りないから、少し内容を削りましょう」

私の履歴書は、もともとインターフェイスのデバリエ氏にチェックしてもらったものなので、内容的には問題なかった。ただ、ちょと情報量が多すぎるのと、内容が少し専門的なのだという。

「どういうところに就職したい？」

「マスコミや銀行、それからコンサルティング会社も一応受けようと思います」

「それならば、あなたが制作した番組名の欄にある〝MSF〟は銀行の人にはわからないかもね。私はマスコミ出身だからわかるけど」

国境なき医師団（MSF）をフランス語のまま「Médecins Sans Frontières」と書いていたところに、「Doctors Without Borders」と赤が入れられる。

「なるべく最近の職歴は残しておいて、入社したての部分を短くしましょう。それから海外経験は強調して」

こうして、何とか履歴書は出来あがった。センター長も「これで大丈夫」と言ってくれた。履歴書は学校の履歴書ブックに綴《と》じてくれるだけではなく、キャリアセンターの専用サイトにも載せてくれる。企業の人事担当者は、履歴書ブックやキャリアセンターのサイト上で、欲しい学生を探して面接に呼ぶのだ。学生側は、その前に企業の就職セミナーに通って名刺を配ったり(どのビジネススクールの学生も立派な名刺を持っている!)、卒業生を訪問したり、あるいは面接を希望するメールを直接送ったり、自分をアピールするために何をやっても構わない。

ところが、努力しても、必ずしも希望する会社から呼ばれるとは限らない。その場合、学生は面接時間をコロンビアのネット上で「入札」するのだ。企業の面接時間枠には「招待枠」と「入札枠」がある。招待枠に漏れてしまった学生は「入札枠」獲得に必死になる。コロンビアビジネススクールでは、入学したときに面接時間を入札するためのビッドポイント(持ち点)が平等に与えられている。学生たちは、それをネット上で賭《か》けて、面接枠を入札する。たとえば、どうしてもAという企業に面接してもらいたいのだが、書類で落ちて招待されなかったという場合、持ち点をたくさん賭けて、限られた入札枠(敗者復活戦)を落札するのだ。

コロンビアでは、面接枠だけではなく、選択科目も「入札」によって決められていた。選択科目用にも持ち点が与えられているのだ。このネット上での入札制度は、私がビジネススクールで驚いたことの一つだが、どうもなじめなかった。選択科目は、仕方なく入札してとったが、高い授業料を払っているのに、とりたい科目がとれないというのはおかしいといまだに思う。面接の入札についても、この枠は、いわば書類で落ちた人の敗者復活戦だ。望まれてもいない企業に自分を無理やり売り込むのもどうかなあ。そう思って私は、あえて面接のビッドには参加しなかった。

ところが、普通の日本人には企業からの面接招待はほとんどこない。私が招待されたのは、モエヘネシー・ルイヴィトン社（LVMH社）だけだった。同じ日本人でも、アメリカ在住が長く英語もネイティブ並のマサヨさんやマキちゃんは、私よりはるかに多くのアメリカ企業から面接に招待されて内定も貰っていた。言葉の壁、就労ビザの壁はあまりにも大きい。マキちゃんなんか、アメリカの大学卒、英語も完璧《かんぺき》、グリーンカードも持っている。普通のジャパニーズの私など、相手にされないはずだ。

「せっかくビジネススクールを卒業するんだから、アメリカで働いてみたい。世界へ出るにはアメリカが一番だ」

こんな淡い期待を持っていた私は、現実の厳しさを思い知った。野心だけではどうにもならない現実に押しつぶされそうだった。

投資銀行って何？

コロンビアビジネススクールは、ウォールストリートに近いという土地柄、投資銀行出身の学生が多い。他のトップスクールと比較しても、就職先に投資銀行が圧倒的に多いのが特徴だ。この投資銀行（インベストメント・バンク）、通称アイバンクが、一体何をしているところなのか、私にはさっぱりわからなかった。

日本では、全部〇〇証券となるそうだ。代表的なところが、ゴールドマン・サックス、モルガン・スタンレー、メリルリンチ、リーマン・ブラザーズ、UBS証券、ドイツ証券あたりだろうか。（二〇〇八年リーマン・ブラザーズは破たん）

ビジネススクールの学生の二大人気業種は、投資銀行と経営コンサルティング。留学前は、全く興味がなかったが、放送局で撃沈してしまった私は、MBA取得者を歓迎してくれそうな業種を受けてみようと思って、この二大業種に挑戦してみることにした。経営コンサルティングについては、先輩のツツミさんに聞いて、何となく感じはつかめていたが、投資銀行については、全く何も知らなかった。一体、投資銀行って何？　どこの部門を志望すればいいんだろうか。同じく一年先輩のヒロコさんは、メディア業界出身なのに投資銀行に就職した。「エクイティーなんとか」という仕事だと説明してくれたのだが、何度聞いても私にはさっぱりわからなかった。

学校でアメリカ人向けに投資銀行のセミナーが開かれはじめた秋、私はクラスメートのヨウジさんに話を聞くことにした。ヨウジさんは、ゴールドマン・サックス債券営業部門の、元ヴァイス・プレジデント（VP）。生まれは日本で、ご両親とも日本人なのだが、父親の仕事の関係で、三歳のときからアメリカで暮らし、両親が帰国した後も残ったのだという。彼はイェール大学卒業後、LSE（ロンドン・スクール・オブ・エコノミクス）に留学。その後東京のゴールドマン・サックスに入社した。何と四十五人と面接して内定を勝ち取ったという。入社後、債券営業部門に配属され、あっという間にVPになってしまった。のちにわかることだが、投資銀行の面接の特徴は、「とにかく多くの人に会うこと」。十人、二十人なんてザラである。「会社のカルチャーに合うか合わないか」が相当重要なのだろう。それにしても四十五人とはすごい。

ところでヨウジさんがなぜこんなにはっきりと面接された人数を覚えているかというと、彼は数字に関する記憶力が人並み外れて優れているのだ。アメリカ大統領選挙が行われていたときに、「いま、ブッシュがこの州で何票得票していて、何パーセントリードしていて」というような情報を、すべて正確な数字とともに、私に説明してくれたのには、本当にビックリした。

ところが、ヨウジさんにも苦手なものがある。日本語だ。私は彼に一週間に一度、一時間ほど、日本語を教えていた。教えていたといっても、新聞を読んだり、小説を読んだりする程度。「宿題があると、日本語がもっとイヤになるからやめて！」というので、宿題もなしだ。

アメリカ人の奥さんとの間に娘さんが生まれて、娘さんにも日本語を教えたいからという理由で、この日本語レッスンは始まった。日常会話はほとんど問題ないのだが、やはり高校生程度の言葉になると、詰まってしまう。また、漢字はどうしても弱い。でもアメリカ人的な発想で物事の本質を捉《とら》えるから、おもしろい。某有名作家のコラムを読んだ時には、「この作家は、自分を世間に売り込むマーケティングがうまいよね。ちゃんと自分のポジショニングを心得ている」等々。

三学期に入ってまもなくの休みの日、投資銀行の話を聞きにグリニッジ・ヴィレッジにあるヨウジさんのお宅にうかがった。ヨウジさんに、投資銀行って何？　と率直に質問をぶつけてみた。日本語に時折英語も交えながら、非常にわかりやすく教えてくれた。

「投資銀行っていうのはね、大体四つの部門に分かれている。投資銀行部門、エクイティー（株式）部門、債券部門、それからアセット・マネジメント部門。まず、投資銀行部門というのは、主にM&A（企業の合併・買収）をやっているところね。僕たちがファイナンスで習った企業価値の計算なんかをやっているのも、ここ」

なるほど。これが、うわさの花形部門だ。

「エクイティー部門と債券部門は、それぞれ株や債券を売り買いするところ。僕がいたのは債券の方だったの。それから、アセット・マネジメント部門は投資家の資産運用をするところ」

「ヨウジさん、メディア業界に関われるのは、どれ？」

「投資銀行部門か調査部門かなあ。エクイティー部門に関連して調査部門というのがあるんだよ」

「投資銀行部門は、表計算とかやるんでしょう？」

「あっそう。一日中かも」

これはダメだ。表計算は、大の苦手だ。

「調査って何するの？」

「調査部門は、この株を買うべきかやめるべきかというリポートを書いているところ。分野ごとに専門のアナリストがいて、投資のための会社分析なんかをしている。調査はいいかもね。でも、僕はセールスやM&Aの方がおもしろいと思うけど。少なくとも、僕にとって、セールスはおもしろかった」

「へえ、どういうところが？」

「金融商品を売るのって、楽しいし勉強になるんだよね。すぐ結果が数字になって出てくるし」

さすが、数字に強いヨウジさんだ。

「お給料はどうなの？」

ヨウジさんが、グラフを書きはじめる。

「経営コンサルティングがこんな風に階段式に上がっていくとすると、アイバンクは、一直線に、こう上がっていく感じ。もちろん、うまくいけばの話だけれどね」

ヨウジさんの話を総合すると、投資銀行部門は、表計算をして企業価値を算定するのが主な仕事、エクイティー部門と債券部門は金融商品の営業とトレーディング、アセット・マネジメント部門は投資家の資産運用。調査部門はこの主要四部門とは別にあり、各業界ごとに専門家がいて、個々の企業や業界の動きを分析してリポートを書いているところ。きっと、ヨウジさんはもっと詳しく説明してくれたと思うのだが、そのときの私の理解はこんな程度だった。

うーん。とりあえず、受けるとしたら、調査部門かなあ。メディアのバックグラウンドも生かせそうだし、業界を外から見られるというのは魅力だ。一日中、表計算というよりは、少しでも文章が書ける方がいい。

でも、花形っていう噂《うわさ》の投資銀行部門も、話だけは聞いてみよう。そんな漠然としたことを考えていたら、秋になって、日本から投資銀行がリクルーティング・ツアーにやってきた。しかも、各社すごい大人数だ。投資銀行の就職セミナーには、まだ面接はなかったので、軽い気持ちでありとあらゆるセミナーに参加し、ムシャムシャと無料のディナーをほおばりながら社会勉強をする私だった。

私の値段は?

日本人の就職活動は、自分で探すか、ビジネススクールの日本ビジネス研究会宛《あて》にくる日本企業の求人に応募するかのどちらかである。学校のキャリアセンターに、求人はほとんど来ない。

三学期も半ばを過ぎた二〇〇〇年の十月頃になると、東京の投資銀行や経営コンサルティング会社から日本人留学生あてに、就職セミナーのお知らせメールが次々に届くようになった。こういうセミナーに必ず参加するのはもちろん、日本人留学生向けのキャリアフォーラムにも行くようにと、先輩のヒロコさんからアドバイスされていた。キャリアフォーラムでは、多くの日本企業が一堂に会していて、効率よく面接を受けられるという。

ヒロコさんは、いくつもキャリアフォーラムに参加して、五十社ぐらい面接を受けたそうだ。

「そのうちにね、ビジネススクールに来た理由とか、会社を辞めた理由とか、ロボットがボタン押されたみたいに、自動的に答えられるようになるわよ」

さすがヒロコさんだ。

キャリアフォーラムの中でも、アメリカの日本人留学生にとって最大の就職活動の場は、十月末にボストンで開催されるものだろう。ボストンキャリアフォーラムにはおよそ百五十社の日本企業が勢ぞろいし、三日間にわたって学生と面接する。投資銀行、メーカー、コンサルティング、広告代理店などが、所狭しとブースを広げ、まさに職のデパートだ。

二〇〇〇年十月二十日。早速ボストンへ飛んだ。ニューヨークからボストンまでは飛行機で一時間。朝六時ぐらいのフライトだった。前日に行ってもよかったのだが、宿泊費をケチったのだ。

事前にネット上で履歴書を登録しておいたこともあり、いくつかの企業から面接に呼ばれていた。最初の面接が朝十時に入っていたから、荷物をホテルに置いて、急いでタクシーに乗ってワールドトレードセンターへ向かった。

会場に着くと、何と入口の外にはおびただしい数の日本人が並んでいた。三日間でのべ五千人の日本人留学生が来るという。しかも、学生がみんな若い。後から判明したことだが、このフォーラムの参加者はほとんどが学部生。ビジネススクールの学生はあまりいないという。

インタビューブースは企業によって大きさが違う。主催者に払う「場所代」によって、〝出店〟の大きさが決まるためだ。最も大きかったのが、金融系の投資銀行や商業銀行だった。ブースの前にパイプ椅子《いす》がたくさん並んでいて、ガヤガヤした雰囲気の中で、順番に一次面接を受ける。パスすると、次は時間を指定されて、裏の別室（というよりカーテンで仕切られた小さなテント部屋）に呼ばれて、二次面接だ。

私は業種をしぼらないで、なるべく多くの企業をまわろうと思った。こんな機会はめったにないからだ。投資銀行、商業銀行、会計系経営コンサルティング会社、メーカー、広告代理店、出版社など、全部で二十社近くの面接を受けた。ちなみに、ボストンコンサルティンググループやマッキンゼー・アンド・カンパニーなど戦略系の経営コンサルティング会社は、こういうフォーラムには参加していない。

会計系と戦略系のコンサルティング会社の違いを簡単にいうと、前者は会計事務所や監査法人を母体としているので、財政会計やシステム構築のコンサルティングに強く、後者は全社的な戦略や事業別の戦略の立案、実施支援を得意としている。

投資銀行の面接では、メディア業界専門のアナリストを志望してみた。ヨウジさんに教えてもらったとおり、一般的に投資銀行で人気が高いのは、M&A（企業の合併・買収）を手がける投資銀行部門だが、私の場合、財務は苦手だったし、一日中表計算なぞ出来るはずもなかった。いろいろ調べた末、調査部門のアナリストの仕事ならメディア企業を客観的に見ることができ、しかも文章で伝えられるから私向きだと思ったのだ。自分一人で仕事が完結する点にも魅力を感じていた。

面接を受けてみると、投資銀行によって私の評価は分かれた。

「メディア部門を強化したい」というところは、非常に熱心に私の話を聞いてくれたが、必要ないところは、全く興味なしという感じだった。たとえば大手投資銀行での二次面接。別室に、四十～五十代の怖そうな女性が面接官として座っていた。私の履歴書を見ながらこう言った。

「こんな華やかな世界にいたのに、どうしてアナリストなんかやりたいんですか。最初はコピー取りですよ」

この人、きっとわざと根性を試しているんだろう。私は、なぜアナリストに興味があるのかという話を、熱心に語った。ところが、女性は何を言っても否定した。

「グローバルな目で企業を分析できるところに興味があるんです」

「この仕事はドメスティックですよ」

「アナリストをやっていてよかったと思われることは、何ですか」

「いいことなんかありませんよ。私なんか体を壊しましたしね」

いや、根性を試しているんじゃない。私のこと、いらないいんだわ。

「あなた、メディア以外のアナリストになったらどうするつもり？」

「最終的にはメディアに関われるよう、努力したいと思います」

「現在、メディアのアナリストは足りていますから、わが社は難しいですね」

やっぱり最初っから私のこと、いらなかったのね。早く言ってよ、全く。逆に、同じ話をしても、興味深く聞いてくれる投資銀行も数社あったので、受けてみないと本当にわからないものだ。

ボストンのキャリアフォーラムで気づいたのは、大学時代に新卒で就職活動をしたときとの違いだった。年も年だし職歴もあるので、面接官もそれなりに敬意を持って接してくれる。

たとえば、ある広告代理店の面接官は、私の前の学生に対しては先輩が後輩に話すような口調で、ノリノリで面接していた。ところが、私が差し出した履歴書を見て、私が一九九二年に大学を卒業したことに気づいた瞬間、急に口調が丁寧になったのには、笑ってしまった。ごめんね、年とってて。あとからわかったことだけれど、この会社はボストンのフォーラムに、ビジネススクールの学生が面接を受けに来るとは想定していなかったとのことだった。しかも、彼は私の友人の後輩でもあったのだ！

初日の面接が終わると、数社からディナーに招待していただいた。ボストンキャリアフォーラムでは、その日の最終選考まで残るとディナーに招待されるのだ。

初日、二日目と面接を繰り返し、三日目になると、待ちに待った内定を頂くことができた。最初に内定をもらったのは会計を専門とするコンサルティング会社だった。前日に、ボストン名物のロブスターをごちそうになり、「もしかしたら？」と思っていたら、内定をいただいた。

「ぜひわが社に。内定です」

「ありがとうございます！」

顔がほころぶ私。しかしすぐに厳しい現実が待っていた。

「年俸○百万円。これにボーナスが○百万円ぐらい付きます」

口頭で提示された年俸は、日本で公務員をしている同級生と同じぐらいだった。

「佐藤さんはコンサルティングの経験がありませんからね。経験なしの大学院卒ということで、この金額になります。前向きに検討していただけますよね？」

あっけにとられる私。恥ずかしながら、私は思わずこうつぶやいてしまった。

「あのー、留学ローンを返していかなければいけませんので……少し考えさせてください！」

会計系のコンサルティング会社の年俸がそんなに高くないのは知っていた。ボストンでも主要な会計系とすべて面接したけれど、感触があまりよくなかった。面接の途中で、希望年収をはっきり聞くところもあったが、「MBA取得者の平均年収は欲しい」というと急に歯切れが悪くなった。でも、これが客観的な私の値段なのかもしれない。

会場でバッタリ、同級生のマキちゃんに会った。マキちゃんは、すでに夏にインターンとして働いた投資銀行から内定を貰っているから余裕だ。

「聞いてー。コンサルから内定貰ったんだけど、すごい悲しい金額だったのお」

「えー、いくら？　いくら？」

「言えないぐらい、悲しい」

「いやー、聞きたい！」

マキちゃんが投資銀行から提示されていた年俸の半分ぐらいだった。そんなの恥ずかしくて言えない。

その日の午後、傷心のまま、メディアに強い大手電機メーカーの最終面接を受けた。

その会社が持っているブランド力とソフト力を生かしてテレビチャンネルを立ち上げたいというのが志望理由だった。不思議なことに、この会社の面接官とは、価値観がとても合った。

「その番組、よく見てましたよ。今でもビデオで持っていますよ」

自分が制作した番組を評価してくれるなんて、こんなにうれしいことはない。そして、最終面接のこの日、内定を頂くことが出来た。日本の企業なので年俸などの提示はなかったけれど、その会社の企業風土やフィロソフィーがとても気に入っていた。しかも外資系企業とは違って、長く働けそうだったので、本当にうれしかった。あとで聞いた話だが、通常、この会社はボストンの会場では内定を出さないらしい。自分がはじめて評価された気がした。

ボストンキャリアフォーラムでは、二社から内定を頂いた。最終選考まで残ったので、別途日本で面接という企業が七社あった。MBA取得者は給料もそれなりに高いので、簡単に内定は出さないのだ。

ニューヨークに戻った私は、電機メーカーに内定をいただいたことがあまりに嬉《うれ》しかったので、日本にいる母に電話してしまった。

「よかったね。いい会社じゃないの。もうそこにしなさい。外資系なんてやめなさいよ。長く働けないわよ。ローンだってゆっくり返していけばいいんだから」

母はそう言ったけれど、私はもう少し自分の可能性を試してみたい気がした。がけっぷちだった私に、やっと気持ちの余裕が出来たのだ。ボストンでの私は、殺気立ち、狂ったようにブースを歩き回っていた。

最終選考に残っている投資銀行などの面接はまだまだ続く。そしてまもなく、戦略系コンサルティング会社の面接が始まる。もう少し、就職活動を続けてみることにしよう。

経営コンサルティング会社の面接練習

「ハーウ・メニー・トゥリーズ・アー・ゼア・イン・ブラジル（ブラジルには木が何本あるでしょう）？」

ディーノの特徴ある英語が、学校の図書館に響く。経営コンサルティング会社の面接の練習をしているのだ。横には中国人のゴンウェン（男性）がいる。

イタリア人男性のディーノは、元経営コンサルタントで超変わり者。アルフレードという本名があるのに、ディーノと呼ばないと、たとえ相手が先生であっても返事もしない。ひどいイタリア語なまりの英語と面白い発言で、クラス一番の人気者だった。

たとえばマーケティングの授業では、こんなことを平気で言う。

「シャンプーの会社で働いたことがありますが、ベビー用シャンプーと大人用シャンプーは、入れ物だけが違っていて、中身は一緒でした。マーケティングなんて人をだますことだと思います」

　ところがディーノはクラスで一番頭がいい。成績は全部H（オールA）だという。私はなぜかこの変人ディーノと仲がよかった。といってもディーノは典型的なイタリア人で女性が大好き。誰にでも声をかける。

　キャピタルマーケットの授業で、二人で一番前に座っていたときなんて、いきなり横から私のノートに何か書きだした。

「D……A……T……E」

　ぶっ！　シーンとした教室で、必死に笑いをこらえる私。

「NO！」

「WHY？」

　こんな筆談が続く。ブルブル震えっぱなしの私の肩。

「LAST CHANCE！」

　もちろんディーノのこういう話は、元ジャーナリストの義務として（？）全《すべ》てクラス全員にメールで報告する。

　するとディーノもメールで反撃だ。

「日本人ゴシップライターにご用心」

　我がクラスターXは、皆本当に仲がよかったが、特によく一緒に遊んでいたのが、ディーノ、ゴンウェン、ピーター（ベルギー人）、マイケル（ロシア系アメリカ人）、シャンプー（タイ人女性）、ミン（中国人女性）というグループだった。私たちはヒマさえあれば、いやヒマがなくても映画に行ったり遊園地に行ったりして思いっきり遊んだ。私の誕生日会を開いてくれたのも、このグループだ。

ゴンウェンは、一見おとなしそうに見えるのだが、そこはディーノの親友である。「僕はね、MBAなんだ。Married But Available!（結婚しているけどOKの意味。ビジネススクールでは有名なジョーク）」

パーティーで酔っ払うと、いつも口癖のように私にささやく。ところがゴンウェンは、すごい恐妻家。奥さんと息子がたまに中国からニューヨークに来ると、いきなりいつもの「MBA」の勢いがなくなるのは、おかしかった。

ピーターは、映画「オースティン・パワーズ」の主人公にそっくりのお調子者。話し方まで似ている。私のアパートの隣の建物（西五十七丁目）にたまたま引っ越してきて、「君を追いかけてきたんだ」と言うので、「ストーカーだ」と言ってはいじめていた。ニューヨーク州の弁護士で、ベルギーの有力国会議員の息子だなんて、いまだに信じられない。

マイケルは、この中では一番ハンサムでナイスガイ。私が騒音アパートから引っ越したときも、口ばかりで手伝いにこないディーノとは違って、ちゃんと手伝いに来てくれた。もちろん、そのときのディーノの言い訳も「風邪をひいた」と天下一品だったけれど。

就職活動が本格化してきた二〇〇〇年九月。私たちのグループは、皆で経営コンサルティング会社の面接練習をしようということになった。ディーノとゴンウェン、これにシャンプー、ミンと私で、毎週のように土日に集まって練習した。ピーターは弁護士になるのでこれには参加せず、マイケルは「別の人と練習する」と言って抜けたので五人になった。

戦略系経営コンサルティング会社の面接は極めて特殊だ。コロンビアビジネススクールには、『経営コンサルティングの面接問題集』というのがある。「Management Consulting Association」という「経営コンサルティングクラブ」が、独自に調査してまとめているものだ。戦略系コンサルティング会社の面接で実際に出題された問題と模範解答が書いてある。模範解答は、コロンビアの学生で実際に面接をパスした人が、どう答えたかを調査して載せている。

私たちはこれ一冊では足りないと考え、ウォートン校が作成した問題集も入手して練習した。一人が面接官をやって、もう一人が答える。問題集は概算問題とケースインタビューにわかれている。

概算問題とは、こんな感じだ。

「毎日、何人の乗客がラガーディア空港に離着陸しているでしょう?」

「アメリカで毎年、どれだけのアイスクリームが売られているでしょう?」

「ニューヨークに固定電話の加入者は何人いるでしょう?」

一見、計算するのが不可能に見える問題を自分の持っている常識や知識を使って、前提を決めて計算していくのである。もちろん、書いて考えてもいい。

さて、ラガーディア空港の利用者数の問題だが、模範解答+体験談を要約すると次のようになる(「Guide Book 2000」Management Consulting Association, Columbia Business School より引用)。

最初、この学生は、このように計算しようとした。

◆全離発着人数=飛行機1機あたりの乗客数×1日に離発着する飛行機の数

◆1日に離発着する飛行機の数=ラガーディア空港と結ばれている空港数×1日にその間を飛ぶ飛行機の数

ところが、ラガーディア空港と結ばれている空港の数やその間を飛ぶ飛行機の数を推定するのは不可能に近い。そこで、試行錯誤を繰り返した末、次のように考えた。

◆1日に離発着する飛行機の数＝ラガーディア空港の滑走路を24時間以内に離発着できる飛行機の数

彼は「この問題は、滑走路を一日に何機の飛行機が離発着できるかというキャパシティー問題だ」と気がつき、一日の離発着頻度を次のように考えることにした。

◆ピーク（午前7時から10時、午後3時から8時）5分間隔、1時間に12機
◆ミッドピーク（午前10時から午後3時）10分間隔、1時間に6機
◆オフピーク（午後8時から11時）15分間隔、1時間に4機

午後十一時から午前七時までは飛行機が離発着しないと仮定。さらにそれぞれの時間帯の、飛行機一機あたりの乗客数を次のように想定した。

◆ピーク（午前7時から10時、午後3時から8時）２００人
◆ミッドピーク（午前10時から午後3時）１５０人＝ピークの75％
◆オフピーク（午後8時から11時）１００人＝ピークの50％

最後に滑走路の本数を二本と仮定。そうすると、次のような結論になる。
「（２００人×12機×8時間）＋（１５０人×6機×5時間）＋（１００人×4機×3時間）＝２４９００人。滑走路二つでおよそ五万人です」

この学生は、これで見事、面接をパスしたわけだ。概算問題を、実際、こんなにスラスラ答える人はいない。この模範解答も、面接官との対話の中で出てきたもので、面接官がうまく滑走路の使用時間に注目するように導いているはずだ。

ケース問題のトピックは様々だ。最も基本的な問題は、「新しい製品を市場に導入するときにどう攻めるか」という戦略問題で、市場を4C（Customers, Competitors, Cost, Company／ターゲットとなる顧客、競合状況、必要なコスト、自社の強みと弱み）、4P（Product, Price, Promotion, Place／製品、価格、宣伝方法、流通方法）というフレームワークを使って分析するものだ。

たとえば次のような問題に答えるときに有効だ。

「アメリカ北東部にある食料雑貨店のチェーンが、オンラインの配送サービスに参入するべきかどうか考えています。地域には他に二店、競合店があって、一店はすでにオンラインサービスを始めています。アメリカ全土でオンラインサービスを行っているのは、北東部のその店と中西部にある別の店だけです。このクライアントはオンラインサービスに参入するべきでしょうか」

メモをとってもいいし、面接官にはどんな質問をしてもいい。概算問題と違って、面接官は「だから何？」とひたすら聞いてくる。これを圧迫面接という。禅問答のようだが、突っ込み攻撃に負けて黙ったらダメだ。

ケース問題では、４Ｃ４Ｐ問題の他に、クリエイティビティーを問うためのこんな問題が出されることもある。

「あなたのクライアントが、ニューヨークからロンドンまで10分で行ける乗り物を開発しました。一人片道いくらにしますか」

この問題の模範解答を要約すると次のようになる（「Guide Book 2000」Management Consulting Association, Columbia Business Schoolより引用）。

まずこれは概算問題ではないので、はっきりと片道○○ドルと答えなくてもいい。

どのようなことを考えて値段をつけるかという思考プロセスを見る問題だ。問題を出された学生は、面接官とのやりとりのなかで、この乗り物はコンコルドよりも速いわけだから、乗客は会社の経営者などVIPだと仮定。そして次のような前提に立って考えることにした。

◆移動時間が短くなることの価値＝節約時間×乗客1人が生み出す1時間あたりの経済価値

そして、乗客の一時間あたりの経済価値を考える方法を三つ思いついた（発想の柔軟性を見る問題なので、なるべく多くの考え方を言うのが望ましい）。

◆乗客1人あたりの年収の時給換算
◆乗客1人あたりが貢献している会社の売上を1時間あたりに換算
◆移動時間を節約し、会社の本来業務に時間を使ったことによって増加した会社の売上を1時間あたりに換算たぶん、他にも考え方があるのだろうが、学生はこの三つを十五分で答えたという。コロンビアオリジナルの面接問題集には、こんな問題がたくさん並んでいる。ディーノは元コンサルタントで、しかも饒舌《じょうぜつ》だから、スラスラ答えていく。ミンも数字に強いので、極めて論理的に問題を解いていく。あとの三人は同じぐらいのレベルだろうか。

この図書館での練習が、本番の日本語での面接にも役に立った。何の練習もなしに臨んだら、「この人、何聞くんだろう」と途方にくれていただろう。私が経営コンサルティングに興味を持ち始めたのは、実は友人の影響が大きい。ディーノ、マイケル、パブロ、ダフネなど仲のいい友人はコンサルティング出身者が多かった。しかもディーノは別にして(!)、皆、人格者だ。

経営コンサルティングは、「会社の医者」とも言われていて、その人助け的な要素も私をひきつけていた。世の中の人の役に立ちたいという気持ちは、人一倍強い。経営について包括的に学べるというのも魅力だった。

ビジネススクールで学んだ知識を、そのまま実践できる仕事ともいえるだろう。

怒濤《どとう》の面接ラッシュ

二〇〇〇年十月から十一月にかけて、日本から戦略系の経営コンサルティング会社の面接官が続々とニューヨークへやってきて、週末にセミナーを開くようになった。戦略系の経営コンサルティング会社で有名なのは、マッキンゼー・アンド・カンパニー、ボストンコンサルティンググループ（BCG）、ベイン・アンド・カンパニー、ブーズ・アレン・アンド・ハミルトン（現ブーズ・アンド・カンパニー）、A.T.カーニーなどだ。

コンサルティング会社の場合、セミナー＝面接だ。各社、面接の内容も雰囲気も全く違う。

最初に始まったのは、ベイン・アンド・カンパニーだった。トップに女性が多いこともあって、コロンビアでも女性たちの間で人気が高いコンサルティング会社だ。他の会社よりも一ヶ月早い十月初旬に、日本人コンサルタントによるプレゼンテーションが行われた。あまりに早いので、本当にプレゼンテーションだけではないかと思ったけれど、そこはコンサルティング会社、無駄に人は派遣しない。やはり面接があった。

面接は、ニューヨークでも指折りの高級ホテル、フォーシーズンズホテルで行われた。面接官の男性は、大学の学部の先輩だった。急に親近感を覚える。しかもベインはコンサルティング会社につきものの、圧迫面接をしなかった。穏やかな雰囲気の中で、私の経歴に関する質問が続く。ところが、面接時間も終わりに近づいたときに、「簡単なケースをやりましょう」といきなりケースインタビューが始まった。友人たちと禅問答を事前に練習しておいてよかった！　スーパーマーケットの売上に関するケースだったが、非常にオーソドックスな問題で、面接官もうまく答えを導き出してくれた。

それから一ヶ月後。戦略系コンサルティング会社の面接ラッシュが始まった。ベイン以外は示し合わせたんじゃないかと思うぐらい、同時期に集中していたのだ。

十二月三、四、五、六日と四日間にわたって、A.T.カーニー、ボストンコンサルティンググループ、マッキンゼー・アンド・カンパニー、ブーズ・アレン・アンド・ハミルトンといった大手戦略系コンサルティング会社の面接が続いた。それでは、ここから怒濤の面接ラッシュの模様を日記風に。
◆十一月三日午前、A.T.カーニーの面接。於オムニ・パークシャー・プレイスホテル。
最初の面接官は、元BCGの人だった。志望動機やメディアに関することをひととおり聞かれる。ケースは特になかったが、一つ一つのことにどんどん突っ込まれる圧迫面接だった。

「メディアってあんまりコンサルティングのニーズがないんですよね」

ちょっと業界にこだわりすぎたかも。反省だ。次の人との面接は、ケースインタビューだったが、その中に、自動ドアの市場規模を推定する概算問題が含まれていて、ボロボロだった。私は、概算問題だけは、どんなに練習しても出来るようにならなかった。世の中に自動ドアがいくつあろうが関係ないじゃない！と叫びそうになる。
◆同日午後、ボストンコンサルティンググループの面接。於フォーシーズンズホテル。
最初の面接官は、大学を卒業して、そのままBCGに入社された方だった。年は私と三歳しか変わらないのに、すでにこのとき、重役になる一歩手前（このあと、すぐに昇進して、最年少の重役として活躍されていた！）。

「NHKの番組よく見ていますよ。プロジェクトXとか、NHKスペシャルとか。就職活動のとき、BCGのほかに、日経新聞とNHKも考えたんですよね。今、NHKのプロデューサーやってくれって言われたら、すごく考えるなあ」

おもしろい人だ。それにしても何て正直な人なんだろう。きっとNHKの何倍もの給料を貰っているのに、NHKの仕事がしたいだなんて。この人も自分の大学時代の選択が正しかったか、実は迷いながら生きているんだ。

面接は、こんな風にちょっと好意的な雰囲気で始まったのだが、そこは戦略系コンサルティング会社の雄。突っ込みに突っ込み。圧迫面接が始まった。ケース問題はなかったが、NHKの番組コストを考えるという方向に話が進み、またもや数字でつまずいてしまった。

「NHKの人が、どれだけコスト感覚がないかわかりました！」

こりゃ、ダメだ。次の面接は、金融機関のマーケティングに関するケースインタビューだった。ディーノたちと練習した想定問題集を思い出して答えるが、面接官の反応がにぶい。それでも、黙り込んだらダメだと思ったので、ひたすら質問した。

その日の夜は、BCGのプレゼンテーションだった。このプレゼンテーションには、内田和成代表も来ていた（BCGでは、社長ではなく日本代表という呼び方をする）。

リクルーティングにわざわざトップがニューヨークまで来るなんてすごい！　ちょっと自分がえらくなったみたいで、勘違いしてしまいそうだ。恥ずかしながら、このとき初めて、BCGのトップが堀紘一《こういち》さんから内田さんに変わったことを知った。同じディナーテーブルに内田さんが座っていたので、学生たちは皆、熱心に質問していたが、私は、フォーシーズンズのディナーがあまりにおいしいので、ムシャムシャ食べることに集中してしまった。

◆十一月四日夜、マッキンゼー・アンド・カンパニーのプレゼンテーション。於リーガロイヤルホテル。

女性コンサルタントが多いのが印象的だった。ここで、コロンビアの一年先輩のツツミさんと再会した。たまたま出張でニューヨークに来ているという。

「マッキンゼーに入社して本当によかったと思います」

晴れ晴れとした顔で挨拶《あいさつ》をするツツミ氏。自分の一年後もこんな風に充実しているといいなあ。

◆十一月五日昼、ブーズ・アレン・アンド・ハミルトンのプレゼンテーション。於グランド・ハイアット・ホテル。

◆同日午後、マッキンゼー・アンド・カンパニーの面接。於リーガロイヤルホテル。

マッキンゼーは、二回面接があって、両方ともケースインタビューだった。

「ビール、コンビニ、ファミレス、携帯電話。どれがいいですか」

「携帯電話でお願いします」

男性の面接官は、それほど圧迫するということはなく、携帯電話の新しい市場を開拓するにはどうしたらいいですか、という問題について淡々と質問した。

次の面接官は、金融出身の女性コンサルタントだった。製薬会社に関するケースだったが、またもや概算問題を出題され、つまずいてしまった。当時の面接ノートを見ると、そのときの自分の混乱ぶりを示すかのように、あせって書きなぐられた数字がいくつも並んでいる。このときばかりは、私もとうとう黙ってしまった。落ちついてやれば、ちゃんと出来たのかもしれないが、その場でパッパッと計算していくのは、本当に苦手だ。

◆十一月六日午前、ブーズ・アレン・アンド・ハミルトンの面接。於グランド・ハイアット・ホテル。

最初の面接官は外国人だった。もしかして英語で面接？　一瞬、焦《あせ》ったが、この面接官、日本語がバッチリだった。ケースは特になく、メディアに関連する話を突っ込まれて聞かれるというものだった。ここまで来てわかったことだが、私の経歴を聞くにあたって、どの会社の面接官も業界のことを興味深げに聞いた。面接官も私に話を聞くことによって、「メディア業界に関する知識を貯《た》めている」のかもしれない。メディア業界は、あまり戦略系の経営コンサルティング会社に依頼しないからだ。

二次面接は、ケースインタビューだった。面接官はケロッグでMBAを取得した後、マッキンゼーを経て、ブーズ・アレン・アンド・ハミルトンの重役となった方だ。面接を受けた日本人学生から、「ケースインタビューの進行がうまかった」と評判だった。

さて、私の面接ではプリンターがテーマだった。話が写真プリンターに及んだ。私は得意げに、ターゲットを中学生にして、渋谷のドラッグストアなどを使って、売り出しましょうと言った。

「渋谷でイベントをやって、CMはKinKi Kidsにしましょう！」

面接官の目が点になる。

嵐《あらし》のような四日間が終わり、一日おいた十一月八日。ベイン・アンド・カンパニーの日本支社長・堀新太郎氏との面接があった。

堀さんが日本から出張でボストンへいらっしゃるというので、私もボストンへ飛ぶことになったのだ。この日は平日で授業があったのだが、事前に先生に欠席の旨《むね》をメールで連絡して許可をもらった。このように三学期目になると、就職活動で授業を欠席する学生が増えてくるが、コロンビアでは事前に先生から許可をもらえば面接に行ってもいいことになっている。

コロンビアからは私を含めて三人の日本人が招待された。場所はボストンのフォーシーズンズホテルだった。私は二時間も早く着いてしまったので、ケースの復習でもしようかと思ったが、連日の面接ラッシュで、もう練習問題を見る気にもならず、ひとり優雅に一階のティールームでアフタヌーン・ティーを楽しんだ。

今回の就職活動で、会社のトップと面接するのははじめてだ。緊張して面接ルームに入ると、「何でも質問してください」と、いきなりリラックスムード。これでも元ジャーナリスト、質問なら得意だ。私は、価値観に関する質問をたくさんした。会社が求めるものと私が求めるものの方向性が違うと、信念を持って働けないと思ったからだ。

ボストンでの面接終了後、メールでお礼状を送ると、とても丁寧な返事をいただいた。長いメールの最後は、こんな風にしめくくられていた。

「コンサルタントにとって極めて大切なのは、〝仏心〟則《すなわ》ちクライアントや社会にとって何をすべきかを追求する心です。その意味では〝心〟を持ったコンサルタントは歓迎です。ただ、貴女《あなた》がコンサルティングのキャリアを選ばれ、これまで大切にしてこられた〝仏心〟を追求していこうとされるのであれば、〝鬼手〟でまず成功できる力を付けなければなりません」

この場合の鬼手というのは、鬼の手つまり「商売に結び付け企業利益をあげること」を意味するのだという。堀さんは、私の強みも弱みもよく見ていると思った。非常に「熟練した」トップという印象を受けた。ケースインタビューをあえて実施しないで人格とポテンシャルで採用しようとするベインの心意気が感じられた。

逆に同じコンサルティング会社のトップでも、全く違ったタイプの人もいる。

十一月中旬に面接した、ある中堅の経営コンサルティング会社のトップは、人格者とは程遠い「とんがった」キャラクターの持ち主だった。良く言えば純粋、悪い言えば失礼な人だ。

ところが、同じように面接をうけた日本人同級生たちは「そんなことなかったよ」と言っていたので、私とは、よほど相性が悪かったんだと思う。だから「相性が悪かった人との面接」ということを割り引いて読んでほしい。

面接は、セントラルパーク沿いのギラギラしたバブリーなホテルで行われた。前半が自社の宣伝、後半がケースインタビューだった。自社の宣伝とあえて言ったのは、私の経歴に関する質問が全くなかったからだ。

事前に下調べはしたものの、彼の会社について私はよく知らなかったので、マッキンゼー、BCG、ベインといった会社との違いを聞いてみた。すると、この方、さまざまなコンサルティング会社を渡ってきた人だったらしく、競合批判を始めたのだ。

「ベインは○○、BCGは○○、マッキンゼーは○○ですね。それに比べると、うちの特徴は何でもはっきりモノが言えるオープンな会社だということです。だからこういうのが苦手な人はダメかもしれませんね」

そうだろう、そうだろう。こんなに正直に競合を批判する人をはじめて見たよ。

「わが社はスマートで洗練された仲間集団です」

「ライバルはマッキンゼーですね。マッキンゼーと同じぐらい高いコンサルティング料金ですからね。マッキンゼー以外は値引きしていて、問題になりませんね」

その後も、私の面接なのに、自社の宣伝が続く。

「去年はハーバード（ビジネススクール）ぐらいしか、リクルーティングしなかったんですけれど、うちも人が足りなくなってきたもんですからね」

ごめんよ。コロンビアで。うんざりするほどの自社宣伝の後、ケースインタビューが始まった。スーパーマーケットに関するケースだったけど、彼の反応は鈍かった。

というより、ちょっと呆《あき》れていたと思う。後で面接を受けた同級生に聞いた話だが、この面接官、ケースインタビューの後に点数をつけるのだそうだ。「今の答えは何点で、ここをこう直すといい」とアドバイスされるらしい。ところが、私の場合、点数をつけるまでもないという感じだった。

「いやー。佐藤さんって、中途で受けられるんでしたっけ？　正直言ってキッツイですよね。もしかすると、学卒のポジションで受けられた方がいいかもしれませんよね。そこで一から始めた方が」彼の人物批評は止まらない。

「佐藤さんのキャラクターって、たぶんコンサルでも上の方までいって、初めて生かせるもんだと思うんですよね。でもそこまで行くのがキッツイですよねえ」

彼は確か、社会人としては、コンサルティング会社しか経験したことがなかったと思う。ずっと人も会社も批評しつづける人生だ、きっと。あまりにもコンサル人生を誇りに思っているようなので、逆に私のいたずら心がはたらき、ちょっとからかってみることにした。

「ケースインタビューとか、さぞかし得意だったんでしょうねえええええ？」

「はは。ケースインタビューは無敵でしたね。たとえば、先ほどのケースだと、こういう風にも、こういう風にも、こういう風にも答えられますねえ」

よかったね。この人、クライアントにもこんな態度なんだろうか。おそらく、彼に悪気はない。はっきりモノを言うことが親切だという価値観のもとに、ここまで常識を知らずにスクスクと育ってきただけなんだ。将来、私が彼のクライアント企業で働いたり、あるいは私の友人や親類がクライアント企業に関わっていたりする可能性など、これっぽっちも考えなかったに違いない。

後日談になるが、この面接官は、数年後、日本代表を退任し、この経営コンサルティング会社自体も日本から撤退してしまった。

その夜。五番街にあるホテル、ザ・ピエールへ行った。コロンビアの同級生のシュウさん（メーカーからの派遣）と一緒に、ワトソン・ワイアット（現タワーズワトソン）の淡輪《たんなわ》敬三社長と会うためだ。ザ・ピエールはニューヨークでも有名な老舗《しにせ》のホテル。バブリーなホテルでの最悪な面接の後だっただけに、シックで落ち着いた雰囲気が、心地よかった。

ワトソン・ワイアットは組織・人事を専門とした経営コンサルティング会社だ。二〇〇一年には、同社のコンサルタントであるキャメル・ヤマモトさんが書いた『稼ぐ人　安い人　余る人』がベストセラーになり、話題になった。人材コンサルタントとして有名な高橋俊介さんもこの会社の出身だ。淡輪社長自身もテレビに出演されるなど活躍されている。元マッキンゼー・アンド・カンパニーの重役で、一九九七年にワトソン・ワイアットの社長になった。

「楽しくなければ人生じゃない！」というのがモットーで、雑誌や著書に載せる写真が全部「笑っている」のが特徴だ。普通、日本人の写真は、免許証やパスポートを見ればわかるように、無表情と相場が決まっているが、淡輪さんだけは違う。まるでアメリカ人のように、ニカっと笑っているのである。

ワトソン・ワイアットは淡輪社長が、十一月中旬に、コロンビアビジネススクールとコロンビア大の他学部の学生を対象にホテルで会社紹介のプレゼンテーションを行ったが、リクルーティングを目的にしたものではなかった。従って面接もなかった。恥ずかしながら会社の名前も存じ上げなかったが、食い意地がはっている私は「フォーシーズンズのディナー付」だと聞いて参加してみることにしたのだ。ところが、このプレゼンテーションが思いのほか、おもしろかった。ヒトを中心とする組織コンサルティングの話なので、身近でわかりやすい。

「未来は戦略を実行する主人公である〝人〟が自ら切り開いていくべきもの。これからの時代は〝人〟を中心にした戦略が必要です。人は企業にとって人件費といわれるような〝コスト〟ではなくて、〝資本（財産）〟です」

ビジネススクールでも習わないような新しいコンセプトだった。何よりも、私は淡輪さんの「楽しそうな」雰囲気が、殺伐とした就職活動のオアシスのような気がしたのだ。

プレゼンテーションが終わって、私と同じように、ちょっと興奮していた同級生のシュウさん。大手メーカーでまもなく管理職になるという彼は、ヒトのマネジメントの話に興味を持ったようだ。

「もっと話聞きたいよね。ちょっと淡輪さんに予定を聞いてみよう」

それで後日、五番街のザ・ピエールというホテルのバーで三人で会うことになったのだ。

「淡輪さん、私、先日、面接でこんなこと言われたんです。私、そんなにコンサルに向いてないでしょうか」

会うのは二回目なのに、お酒も入って、気軽にグチをこぼしてしまう私。淡輪さんは一応その会社のことを知っていて、ちょっと苦笑しながらよしよしという感じで聞いていた。大人である。

ケースインタビューをやることの良し悪しは別にして、淡輪さんには、「会社には批評家はいらない」という信念があった。

「世の中には、履歴書美人っていうのがいるんですね。履歴書がとても立派で、表面的に話を聞いただけだと、とても立派な人に思える。ところが、たとえば履歴書の一行を取りあげて、実際にその人がどういう行動をとったかということを突き詰めて聞いていくと、答えられない人がいるんです」

私、たぶん、これは大丈夫だ。私の履歴書が美人かどうかは別にして、口でグジャグジャ言うよりも動いてしまうタイプだからだ。淡輪さんは、私の履歴書を手に簡単なテストをし始めた。

「このときに何をやりましたか」

「この番組の視聴率をとるために、どういうことをやりましたか」

このようにどんどん「行動」について深く掘り下げて聞いていく。行動だけは、実際に経験していないと答えられないから、批評家タイプは化けの皮がはがれるという。

「日本の大企業は、履歴書美人にだまされるケースが多い。有名企業から何社も内定貰っていますと言う学生を面接したけれど、ちょっと行動面から突っ込むと答えられないんだよね」

淡輪さんによると、批評家タイプも、会社の中で適切な「場」を与えられれば、ちゃんと活躍するようになるという。ただ、そうなるのにかなり時間がかかるのだそうだ。そういえば、大学時代、履歴書に書くために、「海外でボランティア活動」をしていた人がいたなあ。たまたま呼ばれた銀行のグループ面接でも、延々とアフリカやらカンボジアやらの話をする人がいた記憶がある。

何でも付け焼き刃はバレるのだ。たぶん私のケースインタビューの答え方が「付け焼き刃」だというのを、どの面接官もわかっていたんだろうな。練習問題の模範解答に沿って、一生懸命答えているっていう感じだったんだろう。もしかすると、これまでの面接官は大人だったから、はっきり言わなかっただけで、本音は先日の失礼な面接官と同じことを考えていたんじゃないか。

経営コンサルティング会社はダメかも。そんなことを考えながら、シャンパンと赤ワインをガブガブ飲み続けた私だった（淡輪さん、ごちそうさまでした）。

内定！

生まれて初めて内定書というものを頂いた。ある投資銀行からだった。アナリストのポジションだ。十一月初旬のコンサルティング会社の面接ラッシュの最中に、最終面接をしていただいたのだ。大手投資銀行の株式調査部長は、私とそんなに年齢も変わらないのだが、トップアナリストとして業界では有名人だ。専門分野での著書も多い。

「僕が責任持って育てるよ」

こんなこと、面接でなかなか言えないと思う。何だか、カッコいい男性にくどかれたみたいで、クラクラしてしまいそうだった。

十一月中旬に届いたオファー・レターには、英語で年俸とともに様々な条件が書いてあった。さすが外資系だ。実はこのとき、私はすでに三社から口頭とメールで内定を頂いていた。ボストンキャリアフォーラムで内定を頂いた二社と、インターネット関連のコンサルティング会社からだ。

インターネット関連のコンサルティング会社は、イーソリューションズという会社で、ジャパン・スタディ・ツアーの際、見学に行ったオートバイテル・ジャパンの関連会社だ。その縁で、夏に少しだけ働かせていただいたのだ。とても短期間だったので、インターンというより企業体験という感じだった。佐々木経世《けいしん》社長は元ブーズ・アレン・アンド・ハミルトンのコンサルタントで、やり手社長だ。

「うちの会社の人たちが、皆、チエちゃんのこと、気に入っちゃってね」

日本から電話をいただき、十月に内定を頂いていたのだ。

ところが、紙でもらったことはなかった。こうして正式に紙で貰うと感激もひとしおで、自分がプロ野球選手にでもなったようだ。この私が「年俸」で契約して働くなんて！

投資銀行に続いて、商業銀行のマーケティング部門からも内定書を頂いた。この商業銀行は、ボストンキャリアフォーラムで最初に面接を受け、最終面接はニューヨークだった。自分でも何を評価していただいたのかもわからなかったのでビックリした。聞けば、その銀行ではコロンビアビジネススクール出身の日本人女性が、管理職として大活躍されていて、コロンビアの女性は評価が高いのだそうだ。ありがとう、先輩！　まさに棚からぼたもちの内定だった。

十二月に入ると、ベイン・アンド・カンパニー、ボストンコンサルティンググループ(BCG)、ブーズ・アレン・アンド・ハミルトンから続けて内定を頂いた。ベインは堀社長を含め、好意的に面接が進んだので、「ひょっとしたら？」という淡い期待はあった。コンサルタントとしての知識やスキルを問うよりは、〝人〟重視だったからだ。堀社長の後、「コンサルタントの良心」として業界で有名な伊藤良二氏にも、ビデオカンファレンス（日米間のテレビ電話のようなもの）で最終面接していただき、内定を頂いた。

BCGとブーズ・アレン・アンド・ハミルトンは全く意外だった。両者ともケースインタビュー中心の面接で、感触はいまひとつだったからだ。特に十二月にあったBCGの最終面接（再びケースインタビュー）は、終わった瞬間「落ちた！」と確信したぐらい、ひどい出来だったのに。ダメだと思っていた経営コンサルティング会社から内定を頂くなんて、世の中、何が起こるかわからない。三社ともポテンシャル採用以外の何物でもない。しかも人を育てる余裕と自信があるんだと思う。

会計系の経営コンサルティング会社は、実務に秀《ひい》でた即戦力を必要としていて、人を育てるという感じではなかった。その他に縁がなかった戦略系も、「この子はすぐには使えない」という判断だったと思う。

私は内定を下さった会社の勇断に、感謝したい気持ちでいっぱいだった。内定八社。最終選考過程に残っていた数社は、十二月にすべて途中辞退させていただいた。中には、わざわざ日本まで面接のために呼んでくださり、十人以上と面接した後、社長にも会わせてくださった投資銀行もあった。心苦しかったが、面接でたくさん人に会わせていただいたおかげで、結果的に「投資銀行は私にはつとまらない」というのが確認できた。投資銀行はお金が好きじゃないとダメなのだ。限りないお金への執着とハングリー精神。これは私にはない。そんな率直な気持ちをメールで伝えた。

やっぱり、コンサルティング会社かな。そんなことを考えながら、内定書を並べて、一人ニヤニヤする私だった。

占いでBCGに決める

私の人生の究極の目的は一体何なのか。就職活動中に、何度も考えたことだ。最終的にやりたいことは、世界的なソフトを制作して世界中に伝えることだ。それは映画であっても、テレビ番組であっても、本でもいい。自分のオリジナルでもいいし、自分がこれだと信じる作品を日本から世界へ伝える役でもいい。自分の会社を設立できれば、さらにいいなとも思う。

ところがグローバルに勝負するには、私はビジネスを知らなさすぎる。MBAを取得したからといって、公共放送であるNHKを飛び出して、ちょっと資本主義の世界に足を踏み入れた程度だろう。

投資銀行や商業銀行は、メディアの世界に戻るのに、ちょっと遠回りかなという感じがした。最初の年の年俸は経営コンサルティング会社と変わらないが、その後の給料はきっと金融の方がよかったと思う。しかしお金を儲けるためだけに働くというのは、私にはどうしても出来なかった。

メディアに最も近かったのは、電機メーカーだろう。この会社の企業文化が大好きだったし、両親も喜んでいるし、相当迷ったけれど、「人生で一度ぐらいは外資系の会社で働いてみたい」という好奇心の方が勝ってしまった。こうして最後に決めたのが、戦略系コンサルティング会社だった。経営を効率よく勉強が出来るし、メディアにも関わることが出来る。困っている人や企業を助けることができるのも魅力だ。

戦略系コンサルティング会社の中でも一番最初にベイン・アンド・カンパニーに内定を頂いたので、私はすっかりベインへ行こうと心に決めていた。

そこへ思ってもみなかったBCGとブーズ・アレン・アンド・ハミルトンからの内定。採用後の条件は、三社ともそんなに変わらなかった。

とりあえず、いろいろな人に話を聞いた。なかで働いている方はもちろん、友人や先輩や、ありとあらゆる人に話を聞く。留学するときもそうだったが、私は、悩むとすぐに信頼している人に相談する。そしてたくさんたくさん意見を聞いた上で、最後は自分で判断するのだ。

まず考えたのは、そこで働く日本人女性の話を聞くことだった。

ベイン・アンド・カンパニーは、東京でも女性が重役として活躍している。電話でお話を聞くことができた。「バリバリ感を感じさせない、ほんわかした雰囲気だが、実は抜群に頭がいい」女性で、とても好感が持てた。

ブーズ・アレン・アンド・ハミルトンは大学の学科の後輩が女性コンサルタントとして活躍していたので、多くのコンサルティング会社の中からブーズを選んだ理由や、会社の雰囲気を聞くことができた。

そしてボストンコンサルティンググループでは、女性管理職を紹介していただいた。小学生の息子さんを持つ「ママさんコンサルタント」だ。ダンナさんは新聞記者だという。

「どうやって仕事と子育てと両立されているんですか？」

「事前にこの日は運動会、この日は参観日と、上司に言っておけば大丈夫ですよ。そのあたりはとても配慮のある会社なんです」

「この会社で産休をとられたんですか」

「いえ、ここは子どもを産んでから入社したんですけれど、仕事と子育ての両立という面では、働きやすい会社ですよ。私のほかにもう一人、三人子どもを育てながら働いているコンサルタントがいます」

へえー。外資系の会社って、結構女性を大切にしてくれるんだなあ。

三社とも、お話した日本人女性は魅力的で、しかも、会社は女性コンサルタントをとても大切にしている印象だった。

次に話を聞いたのは友人や親族だ。ある人はBCGを勧めたし、ある人はベインを勧めた。ブーズを勧めてくれた人もいた。

ビジネススクールを選ぶときは、何となく勘が働いてコロンビアに決めて、それが結果的によかったのだけれど、今回ばかりはどうしても決められなかった。

とうとう最後、私はなんと占い師に決めてもらうことにした。占いというのは、元来、人間が物事を決めるための知恵として使われてきたのだそうだ。何か物事を決めるときに、「○○さんが言ったから」と言えば角がたつが、「占いがこう示しているから」と言えば誰も文句が言えない。香港ではビルを建てるときに風水の専門家が大きな影響力を持つし、タイでは有名な占い師の経済予測が新聞のトップを飾るという。

詳しいことは言わないで、ニューヨークから電話で会社の名前と場所を伝えた。占い師は、「ボストンです」と一言。えっ、BCGですか？　占い師は、もう一度、「ボストンです」。自分でこれ以上考えても仕方がないので、ここは従うことにした。

二〇〇一年一月。BCGからの内定書にサインをして、私の就職活動は終わった。仕事を始めるのは、八月からにした。

就職活動中は三十社以上の面接を受け、ヘトヘトになったが、今から思えば一生に一度の貴重な体験だった。何よりも、面接官をはじめ、たくさんの魅力的な方々と出会えたのがよかった。学生としてでなければ、こんなに多くの業界で働く人の話は聞けなかっただろうし、会う機会もなかっただろう。社長や重役といったトップと直接話が出来たのも、勉強になった。この面接の過程で知り合った方々とは、内定を辞退した後も、お会いしたり、メールのやりとりを続けている。

これだけ多く面接してわかったことだけれど、当たり前のことだが、自分と企業、仕事内容には相性というものがある。

大学時代はマスコミを中心に就職活動したのだが、今回は大きく間口を広げて受けてみてよかったなと思った。社会人としての自分の価値を再認識できたからだ。たくさん面接で落ちたけれど、別に落ちたって恥じることはない。能力が足りなかったとか、人間性が否定されたとか、コネがなかったとか、いろいろ考えない方がいい。縁がなかったのだ。しかも相性がいいところは、ある程度、数多く回ってみないと見つからないものだ。

「たくさん内定貰ったんですって？　どうやったら、就職活動、うまくいくんですか」

コロンビアの後輩に、こう聞かれたことがある。確かにケースインタビューもボロボロだったのに、自分でもこんなにたくさん内定を頂けるなんて信じられなかった。あえて言うならば、「がけっぷちの熱意」ではないかと思う。コロンビアビジネススクールには、優秀な日本人学生がたくさんいた。学校の成績や実務能力を考えれば、彼らの方が圧倒的に優秀だ。しかし皆、会社派遣で、そんなに真剣に面接を受けていなかったのだ。それに比べれば、私はローン抱えて、必死である。

その熱意のあらわれとして、私は面接でたくさん質問をした。インターネットや会社案内で、面接を受ける会社の予習をするのはもちろんのことだが、予習でわからなかったことを素直に面接官に質問した。そして自分のために貴重な時間を割いてくれている面接官と会社に対して、最大限の敬意を払うことを心がけた。だから私は、履歴書の内容に全く触れなかったり、自社の宣伝を一方的にするような面接官にはがっかりしてしまうのだ。

こういうインタビュースキルはNHKで身につけた。社会人としての基礎を鍛えてくれたNHKには本当に感謝している。

占い師の予言が吉と出るのか凶と出るのかは、わからない。でも私は占いの結果に賭けてみることにした。

看板授業でラストスパート

ビジネススクールの授業も、必修科目に苦しんだ一、二学期が終わり、選択科目となる三、四学期になると、かなり余裕が出てくる。課題や予習の量は変わらないのだが、授業に慣れてくるからだ。自分が苦手な科目はとらないからというのも大きい。コロンビアビジネススクールには、看板授業がある。学生からの評価が七点満点中、六・五を超えるような授業だ。

まず、二大看板が、「戦略から見たミクロ経済学」(ブルース・グリーンウォルド教授)と「上級ファイナンス」(ローリー・ホドリック教授)だ。が、後者は、ホドリック教授の都合で、私が在学中には開講されず、ピンチヒッターの教授になってしまったのは残念だった。

二大看板のほかに、マネジメントやリーダーシップの分野に人気授業が多く、なかでもダントツなのが次の四つである。

◆トップマネジメント・プロセス（ラルフ・ビッガダイク教授）
◆ハイ・パフォーマンス・リーダーシップ（マイケル・ファイナー教授）
◆真のプリンスを探して（ジョン・ホイットニー教授）
◆ターンアラウンド・マネジメント（ローラ・レズニコフ教授）

マネジメント以外の分野で有名な授業は次の四つ。

◆キャピタルマーケットと投資（ジョン・ドナルドソン教授）
◆ベンチャー入門（アマール・ビデ教授）
◆交渉術（アン・バーテル教授）
◆リテーリング（アラン・ケーン教授）

人気授業に弱い私は、この中からとれるだけとることにした。入札制のため、ビッドポイントがなくなってしまい、全部をとることはできなかったが、なんとか「ハイ・パフォーマンス・リーダーシップ」「ベンチャー入門」以外は履修できた。

ここでは、グリーンウォルド教授の「戦略から見たミクロ経済学」とバーテル教授の「交渉術」を紹介したい。

グリーンウォルド教授の授業は、三百人収容できる教室で立ち見が出るほどだ。通路に学生が座ることもある。間違いなく学校一の人気者なので、ビジネススクールの学芸会（年に二回学芸会があるのだ）では、必ず彼のモノマネをする人が出てくる。相撲取りのような巨体。素足にサンダル。裾《すそ》が擦り切れたズボン。マイクがいらないぐらいの大きな声。一度見たら忘れない迫力だが、顔はとてもキュートだ。

そして、何と彼は一切パソコンを使わない。プリントはすべて手書き。連絡はメールではなく電話だ。

「テクノロジーを使って小器用になってもしかたない。重要なのは、本質だ。私はコンピューターなしでもちゃんと生き残っている。はっはっはっ」

グリーンウォルド教授はコロンビアで数々の名言（？）を残している。

「In the long run, it's all toasters.（結局、最後はトースターさ）」

パソコンやどんな革新的なハイテク製品でも、時が経《た》てばトースターみたいに当たり前の商品になってしまうという意味だ。この言葉は、長期的な視野を持つことの大切さを強調するためによく使っていた。

彼は、前述のウォーレン・バフェット氏（世界で二番目のお金持ち）の友人でもあり、インターネット・バブルは必ずはじけると早くから明言していたことでも有名だ。

そして、このアナログな教授は、最もシンプルに本質を教えてくれる。

たとえば企業の競合優位性に関するケースでは、こんな感じだ。

「ビジネススクールの授業なんか卒業したら忘れるんだから、私は会社が競合に勝つための最も重要な要素を三つしか教えない。規模の経済（Economies of Scale）、特許技術（Proprietary Technologies）、顧客の囲い込み（Captive Customers）。これだけは、卒業しても覚えておくように」

授業では、この三つを何回も何回も繰り返す。そして学生が質問すると、完璧にわかりやすく答えてくれる。

「キャラクターはどうであれ、グリーンウォルドは抜群に頭がいいのは確か」

みんな口々にそう言っていた。

「脳みそはなるべく使わないで、人生を楽しもう！」

グリーンウォルド教授のもう一つの名言だ。

アン・バーテル教授の「交渉術」は、ビジネススクールならではの授業だろう。毎週、一対一、二対二、あるいは四人全員の利害関係が違っている場合など、あらゆるパターンの交渉を学問として勉強する。たとえば、授業では、こんなシミュレーションをやる。

家の売買の交渉で、私は売り手側だ。買い手側はタイラーというアメリカ人。私に渡された紙には、こんな情報が載っている。

「あなたは数年前に十五万五千ドルで買った家を売りたいと思っています。不動産の専門家である友人に評価額を聞いたところ、二十六万ドルが妥当だと言われ、その額で売りに出しましたが、三ヶ月間、買い手がつきません。ところが、最近、付近の不動産の値段が下がってきており、二十六万ドルは相場より少々高いことがわかりました。そこで、あなたは二十二万五千ドルまでなら売ってもいいと下限を決めました。先週、内覧に来た人が、二十二万ドルなら買ってもいいと申し出ていて、今日、その人と会うことになっています。交渉を始めてください」

付録には、築年数、土地の広さ、部屋数、家の特徴（内と外）、付近で最近売れた家の売却額などの情報がついている。交渉の技術については、全部書くと本一冊ほどになってしまうが、この場合、私は売り手として、次の技術を使った。

◆「極端な要求」の術（最初、極端に高い要求から始める）

◆「情報秘匿《ひとく》」の術（自分の情報をすべて明かさない）
◆「妥協」の術（妥協の余地を残しておく）

私は二十六万からスタートした。「極端な要求」の術だ。するとタイラーはもちろん二十二万と言ってくる。ここで初めて、「現実的な話をしましょうか」とお互い歩みより始めるわけだ。

私の「絶対譲れない線」は二十二万五千ドルだったが、「目標」は二十三万から二十四万の間と置いていた。必ず交渉前に絶対に譲れない線と目標の金額を設定しておくのが基本だ。

こちらの「絶対譲れない線」は、明かさないようにする（「情報秘匿」の術）が、相手側の上限額はどうにかして探るようにする。タイラーはアメリカ人なので、タフな交渉人だった。

「この家は古いわりに高すぎるな。二十二万ドル以上なら買わない」

これは「強硬に攻める」の術だ。

「最近、家の中をリニューアルしたばかりで、その費用もかかっているんです」

「いつまでもそんな高いことばっかり言ってたら帰るよ。もう三ヶ月も売れないんだろう?」

「ですから、相場二十六万をあなたには二十五万に下げているんです」

「もういらない。帰りますよ」

タイラーめ。「怒って立ち去るフリをする」という術を使っているな。そんなのお見通しだ。ふふふ。ここで「妥協」の術を使ってやろう。

「この付近の相場をご存知ですか。この表を見てください。平均すると一スクエアーフィート、百二十五ドルでしょう。そうすると我が家は二十三万ドルなんですが、うちは、最近リニューアルしていて、費用は一万ドル以上かかっています(これは情報がなかったので、適当に作った)。二十四万ドルでどうです?」

「二十二万五千」

「そんな相場以下では売れませんよ」

そして最後——。二十三万五千ドルで落ちついた。

後でタイラーが自分の事情を説明してくれたのだが、タイラーはこの家をどうしても欲しくて二十四万までなら出してもいいと思っていたらしい。お互いの妥協点で落ちついたということだ。

さて、この「交渉術」の授業の期末リポートは、別々の利害を持つ七人が交渉するというものだった。実際にあったユーロディズニーランド建設の際の交渉を参考にして作った問題だが、登場人物はフィクションだ。

プレーヤーは、フランス政府の責任者、パークを運営するマウス社の責任者、SANという会社の社長（地元の名士でまとめ役）、建設地周辺の四つの市の市長たち。

私は市長のうちの一人だったのだが、四つの市の市長が全員一丸になって交渉しないと、市長たちは全員損をして、交渉は成立しないという仕組みになっている。政府とマウス社は利害が一致していて、SANの社長は中立だ。

ところが、一人の市長（ルチアナというブラジル人女性）が、暴走しはじめた。

「私、納得できないわ。相手のいうことなんか、信用しちゃだめよ。こんな条件じゃ皆損するじゃないの」

交渉中断だ。

「どこが不満なのよ」

アメリカ人のジャクリーン。

「どうしてって、みんなバカじゃないの。だまされてるのよ。よく考えてみて。大損じゃないの」

「あなたが納得しないと終わらないのよ。じゃあ、私たちにどうして欲しいわけ？」

「私の取り分として、〇パーセントは欲しいわ」

「しょうがないから、みんなの取り分から、あなたに少しあげるわよ。これでいいでしょ」

「ダメよ。やっぱりダメ。私だけ、この交渉から抜ける。最初にもらう一時金の額が気に入らない。大損だもん」

交渉ごっこなのに、ルチアナは本気になっている。

「もう、あなたね、一時金をもらって、アメリカ国債に投資したら、何パーセントの利子がつくと思ってるのよ。納得しなさいよ」

ジャクリーンも負けない。女のケンカだ。黙りこむ男性陣。もちろんチエ市長も無言。

結局、三時間以上の交渉に疲れ果てて、最終的にルチアナは妥協した。それでも最後までぶつぶつ文句を言っていた。彼女、ジャパン・スタディ・ツアーに一緒に行った仲で、普段は全然悪い人じゃない。ところが、交渉になると、いきなり人格が豹変《ひょうへん》してしまうらしい。

それにしても「〇〇の術」「△△の術」だなんて、交渉術って、ちょっぴり日本の忍法みたいだ。でも、普段の交渉時に何気なくやっていることを、技術として体系化するなんて、とってもアメリカらしくて、面白い授業だった。

コールドコールに負けない

入学したての頃は、日本人として発言しないで、同じチームのエリックに怒られた私だが、三学期に入って選択科目になり、授業にも慣れてくると、少しずつ発言回数も増えてきた。私が選択した人気科目は、クラスでの発言を重視する授業が多かったからだ。

ちょっと成長した日本代表選手だ。それでも、まだまだアメリカ人に比べると、発言回数が足りず、最後まで苦労した。教授からコールドコール（いきなり名前を呼ばれて発言を求められること）で当てられることもしばしばだった。

二〇〇〇年の秋、三学期の選択科目で「トップマネジメント・プロセス」という授業を取った。

ラルフ・ビッガダイク教授はコロンビアの看板教授だけあって、ちょっとキザでおしゃれ。赤と白のストライプのシャツを着てきたりする。元製薬関連会社の重役だ。

このクラスでは一時間半、ひたすらケースに書かれている経営者や政治家のマネジメント手法について議論する。すべて実例だ。成績の四〇パーセントが、授業中の発言回数と内容で評価される。

私はこの講座で全く発言することが出来なかった。先生が話す英語は、比較的わかるようになっていたのだが、学生の英語は早口でわかりにくい。特にニューヨーカーは早いのだそうだ。話の内容が分からぬまま、授業が進んでいくことも多々あった。

ところがある日、授業も半ばにさしかかったあたりで、教授がいきなり「チャイ！」と呼ぶではないか（前にも書いたが、私の名前Chieを、ちゃんと読めない人が多かったので、このころにはもう慣れていた）。ヤバ。コールドコールだ！　きちんと聞いていなかったから、話がよくわからない。最悪である。

とっさにGEの前会長ジャック・ウェルチの話を思い出した。困ったときは〝ウェルチ話〟。NHKスペシャルでGEの番組を放送したのを覚えていたからだ。

「ウェルチと比べるとこの会社の経営者は決断力が足りないと思います。ウェルチは限られた情報しかなくても、スピード重視のときは自分で決断しているはずです」と答えた。

すると先生は「ウェルチは、限られた情報で判断しているのではない。短期間で膨大な量の情報を収集しているのだ」と反論された。あー、もうダメ。墓穴を掘ってしまった。

「じゃあ、この経営者はどうするべきか」

「短期間でも情報を集められる体制をつくるべきですね」

かなり適当だが、声が上ずっていた。でも先生もこれ以上はかわいそうだと思ったのか、他の学生に振ってくれた。

授業が終わると、先生が寄って来た。

「アー・ユー・OK?」

OKじゃないよ、全く、と思いながら、

「発言の機会を与えてくれて、ありがとうございました」と優等生っぽく答える私。

「この調子でがんばってください」

この後、本当に私はがんばらなくてはいけなくなる。

「経営者はどういう体制をつくり、決断して、会社をリードしていくか」というこの授業のテーマ自体は好きなので、私は、その日の授業で発言できなかったことを、「実はこういうことを言いたかったんです」とメールで先生に送ることにした。二度とコールドコールされないように、先手を打ったのだ。

「私は常に、フィロソフィー（人間性）で人をリードするべきか、それともロジック（論理）でやっていくべきか、ずっと悩んできました。私、いま就職面接の最中なのですが、人間性重視で採用する会社には受かって、論理力重視で採用する会社にはウケがよくありません。この二つをどうバランスをとっていったら、リーダーになれるんでしょうか」

これで再び、墓穴を掘ってしまった。先生からのメール。

「これはおもしろいトピックなので、次の授業でみんなに発表してください。よろしく」

先生は私の英語力では議論のテンポについていけないのがわかっていたらしく、授業の最後に私のために発言時間をとってくれた。

比較的長い内容だったので、要約して発表したのだが、それでも長くて演説のようになってしまった（クラスの早い発言テンポから全くはずれていた）。しかもテレビディレクターとしての自らの失敗談をベラベラしゃべって、笑いまでとってしまったのだ。

終わったあと、先生が、ガッツポーズしながら飛んできた。

「やればできるじゃないか！」

友人たちからは、「チエのスピーチ、おもしろかった」
発言せざる者、ビジネススクールに来るべからず。発言すればするだけ評価される国、アメリカ。この国に「沈黙は金」なんて言葉は、映画館以外、通用しないんだろうな。

四学期に選択した「ターンアラウンド・マネジメント」という授業は、コロンビアの中でも最も宿題が多く大変な授業の一つと言われている。

ターンアラウンドとは、業績V字回復、会社再生などと訳されたりする。

ローラ・レズニコフ教授は、元ターンアラウンド専門のコンサルタント。「アルプスの少女ハイジ」のロッテンマイヤさんに似ている（先生、ごめんなさい。でも、似てます……）。性格はインターフェイスのデバリエ氏を彷彿《ほうふつ》とさせる。根はとても優しいが、普段はとても厳しいのだ。先生の満足するレベルまで宿題が出来ていないと、再提出。私なんか、最初の宿題で、早速、再提出＋補習を命じられたほどだ！

この授業では、町の小さな時計屋さんの経営立て直しから始まって、最後は会社全体のターンアラウンド案を考える。この授業で、ターンアラウンドの模範例として取り上げられたのが、日産自動車だった。日本語のカルロス・ゴーン社長に関する本を持っていくと、レズニコフ教授は喜んでくれた。

「これ、日産の本でしょ？ ちょうどよかった。皆さん、これがカルロス・ゴーンです」

私の席まで来て本を取り上げ、写真を見せる。それからレズニコフ教授は教壇に立って、授業のために用意したカルロス・ゴーン社長の「日産リバイバルプラン」を読み上げた。

「このリバイバルプランは、あらゆるターンアラウンドに応用できるエッセンスが詰まっています」

日産のターンアラウンド策を、ひととおり説明した後、ディスカッションになった。私は、ゴーン氏があまりに祭り上げられているので、日本人としてちょっと複雑な気持ちになった。

そこで、こんな発言をしてみた。

「ゴーン氏が成功したのは、彼自身が日本人ではなかったことが大きいと思います。日本人が日本人を人員削減したりリストラをやる場合、情が入ってなかなか決断できず、失敗するケースが多いからです。ただ、改革はゴーン氏一人でやったことではありません。『日本人がトップでは大胆なリストラはできない』と腹をくって、ゴーン氏に大きな権限を与え、支えた当時の日本人マネジメント陣も評価するべきだと思います」

私、こんなこと言えるようになったんだ。結構成長したじゃないか。

MBA留学してから、一年半が経とうとしていた。

卒業式

二〇〇一年五月十六日。コロンビア大学全体の卒業式だった。

コロンビアビジネススクールでの一年半に及ぶ学生生活が終わり、私も晴れてMBA取得者となるなんて、信じられない。

卒業式では、おきまりのガウンと角帽を身に着けた。欧米の大学ならではの礼装だ。もちろん、どちらもレンタル。大学の卒業式で着物を着たときも妙にうれしかったが、今回は、映画などでよく見ていた風景の中に、自分がいることに感激して、一層はしゃいでしまう私。衣装ものに弱いのだ。

MBA取得者は皆、青みがかった灰色のガウンに角帽なのだが、中に黒の帽子に豪華なガウンを着ているクラスメートを見つけた。〝オースティン・パワーズ〟ピーターと、クラス代表のテッジだ。

ピーターはロースクール（学位はJD＝Juris Doctor）とビジネススクールを同時

に卒業、テッジはメディカルスクール（学位はMD＝Medicinae Doctor）とビジネススクールを同時に卒業するので、ドクターになるのだ。学部生と私たちの衣装はそんなに変わらないので、ドクターの衣装だけとりわけ立派にしているようだ。

この日は大学全体の卒業式なので、全学部の学部生、大学院生が参加する。コロンビア大学のキャンパスが、青みがかった灰色で埋め尽くされていく。

卒業式で特に印象的だったのは、参列者の多さだ。参列者の席は、卒業生一人あたり何枚とチケットを割り当てられるのだが、「足りないから譲って」というクラスメートが何人もいた。

親にとって子どもの卒業式は、どこの国でも大切なものだが、まさか、世界中からこんなに大勢の家族がやってくるとは思わなかった。平日にもかかわらず、両親、兄弟など一家が勢ぞろいしているのである。アメリカ全土はもちろんのこと、ヨーロッパやアジア、アフリカからもやってくる。たとえば前述のピーターだが、ベルギーからは両親と兄、弟、ロンドンからは姉の計五人が彼のために駆けつけて来ていた。

アメリカ人の友人から聞いた話では、子どもの卒業式に、父親や母親が会社を休んで参列するのは常識なのだそうだ。そういえば、元ニューヨーク・メッツのバレンタイン監督が、息子の卒業式で試合を休んだと新聞で読んだ記憶もある。

感謝祭、クリスマス、卒業式。普段、家族がバラバラな分、こういう行事を大切にする。

「チエのところは誰が来るの？」

卒業式前、会うたびにクラスメートに聞かれて困った。

「誰も来ない」

「えー、どうして？」

「父も祖母も病気で、母は家から動けないから」

「妹は？」

「日本の会社だから、休みをとれないの」

「オー・アイム・ソーリー」

やっと納得する。しばらくすると、「卒業式に一人ぼっちのチエ」というストーリーが、かけめぐったらしく、「うちの家族ディナーにおいでよ」と次々に友人たちが招待してくれた。改めて、その思いやりがありがたかった。

思えば、この一年半、どれだけ友人に助けられただろう。前日に行われたビジネススクールだけの卒業式で、卒業生総代はこうスピーチをしめくくった。

「皆さん、リッチな人生をめざしましょう。金銭的にもそうですが、それ以上に心や人間関係の豊かな人間でありたいものです。六万ドルの授業料と四万ドルの生活費。この投資で得た最大の収穫は、友人ではないでしょうか」

学校で詰め込んだ財務や会計の知識は、時が経って、必要なければ忘れていくに違いない。いつまでも記憶に残っているのは、一緒に宿題をし、就職活動を乗り切り、ビールを飲んでは酔っ払ったクラスメートとの思い出だ。

卒業はしたが、友人たちともう会えないという悲しい気持ちは、なぜかない。私が一線でがんばっている限り、必ず世界のどこかで会えると確信しているからだ。

留学してよかった！

「ハッピーバースデイ！」二〇〇二年一月三十日。

　私の三十二回目（！）の誕生日に、おめでとうメールが届いた。ロンドン、ニューヨーク、そしてバンコクからだ。

　ロンドンのパブロ、ニューヨークのデイブ、バンコクのシャンプーからだった。卒業して八ヶ月も経つのに、友だちの誕生日を覚えていて、おめでとうメールを送ってくれるってすごい事だと思う。

　ビジネススクールに行く前は、日本人と外国人の間に本当の友情なんか成り立つんだろうか、と思っていた。小学校、中学校とコスタリカで過ごしたけれど、友達は日本人ばかりだったし、一生の友人といえるコスタリカ人には出会えなかったからだ。

　今は、国を超えた友情が本物であることが実感できる。卒業後、世界中に散らばった友人たちは、現在もメーリングリストで結ばれている。ワールドカップサッカーの話題や、子どもが産まれましたなどの近況報告が、頻繁にやりとりされている。二〇〇一年の同時多発テロの際には「クラスターX、全員無事」の報告にホッとしたものだ。

最近では、「クラスのゴシップライター・チエ」の本が話題になっている。

「英語に訳して送ってくれ」

「いや、日本語のままでいい。怖くて読めない」

「日本語表記になった自分の名前を送って」

そんな好き勝手なことを言って、盛り上がっている。

ビジネススクールは、「お金持ちになるための学問」を学ぶところだと思っていたが、実際得たものは、お金では買うことができない友情や、体験や、価値観、モノの考え方だった。ビジネススクールを通じて、自分自身、とても成長した気がする。

経済や会社の仕組みをひととおり学んだことによって、自分のやっていることが、会社の中で、日本経済の中で、さらには世界の中で、どういう位置付けにあるのか、考えながら仕事が出来る。日本でも『ザ・ゴール』という翻訳書がベストセラーになったが、あの発想に似ている（あるメーカーの工場長の悩みを物語風に説明しながら、「仕事の究極の目的は会社全体の収益を上げることであって、工場＝部分を最適化することではない」ということをわかりやすく説いている本）。

　だから自分のやっている仕事が、最終的には会社の収益にどう役に立っているのかというのを、常に意識するようになった。こんな風に何事も全体から見る発想は、ビジネススクールで身についたと思う。

　社会人としての自分の価値についても、客観的に見られるようになった。MBAを取得したことによって、NHKじゃなくても、マスコミじゃなくても、日本じゃなくても、（たぶん）ちゃんと生きていけると思えるようになった。ビジネススクールの勉強と怒濤の就職活動を乗り切ったという自信からだと思う。多くの業種から内定を頂いたことによって、現在の自分の市場価値もわかった。

　それから私の内面にも変化があった。たとえば、留学したてのころは、鉛筆で丁寧にノートを取っていた私だが、卒業するころには、ボールペンでぐちゃっと書きなぐるようになっていた。ノートなんか読めればいい。アメリカで売っている電化製品のように、私自身も実用的になってきたわけだ。

　狂ったように買っていたブランド品にも、あまり興味がなくなってきた。洋服なんか一回着たら中古品。その年に買ったものでも価値は十分の一に下がる。もちろん、外見をきれいに見せるというのは重要だけれど、内面が空っぽだと、ただの「ブラン

ド お化け」になるだけだ。

「MBAは人生に自由を与える」

インターフェイスで勧められるままに留学した私だが、MBA留学して本当によかったと思う。

「家の屋根や門を直しても数百万かかる。そんなことに比べたら、教育に使うほうが意味がある」と言っていた母の言葉が身にしみる。

世の中で本当に価値のあるものは、モノではない。モノは廃《すた》れ、いずれ無くなる。重要なのは、目に見えないものだ。目に見えないものこそ、私の人生の永遠の財産となる。

MBA留学で私が修得した最も大切な価値観だった。

エピローグ

卒業してまもなく二年。世界中にいるクラスメートたちの近況報告。

まずはチーム・ヒッキーのメンバーから。パブロはロンドンのソロモン・スミス・バーニー、デイブはニューヨークのシティバンクにしばらくいたが辞めて現在はヘッジファンドで働いている。エリックはロスアンゼルスで就職活動中だ。ニューヨークでいくつか内定をもらっていたのだが、どうしてもエンターテインメント系で働きたいそうだ。

その他の男性陣。テッジは現在、実習医。経営コンサルティング会社の内定を辞退して医者になる道を選んだ。カルロス、フィリップ、アンドレアはロンドンのゴールドマン・サックス、ディーノはイタリアのアクセンチュア、ピーターはニューヨークの大手弁護士事務所、アレックスはニューヨークのIBM、ダーモットはベライゾン(電話会社)、マイケルはボストンでコンサルタントをしている。ゴンウェンとJTは、香港のソロモン・スミス・バーニーだ。ステファンは母国ドイツでコンピューターソフト関連の会社を起業した。

女性陣。シャンプーはバンコクのタイ農業銀行、ミンはニューヨークのベア・スターンズ（投資銀行）、サラはボスニアやタイの難民キャンプでNPOの仕事をしているらしい。アリソンは志望していた通り、教育関係の非営利団体のCOO（最高執行責任者）となった。最年長のキャリーはMBAを取得後、コンピューター・サイエンスでも修士号を取得し、今年卒業した。まもなくダンナさんの住むロンドンへ引っ越すという。

日本人の同級生。会社派遣の男性は全員会社に戻った。マサヨさんは、通信会社を退職し、現在は東京で起業家を目指しているという。マキちゃんは東京の投資銀行で働いている。

そして私は、ボストンコンサルティンググループで、経営コンサルタントとして奮闘中（？）だ。でも相変わらず、自分探しは続いている。

「本当にこの仕事が好きなの？」

「何のためにこの仕事をやっているの？」

BCGの仕事は、MBAの授業と似ていてとてもハードだ。表とカタカナと数字が支配する世界。覚悟はしていたが、右脳型人間の私が左脳特訓コースを受けている気分だ。

優秀なBCGのコンサルタントたちには、ヘッドハンターなる人たちから、たくさん電話がかかってくる。数年でBCGを卒業する人も多い。たまに人事から「退職者のお知らせ」が掲示されれば、どうしても転職先が気になってしまう。

イチローのように、人生の早い段階に自分の好きなことを見つけられて、それを職業にして成功するというのは、とても難しい。ただ、MBAを取得することによって、「これは違う」と思ったら、次へどんどん進める自由が生まれた。

私は今、MBA留学して本当によかったと思っている。留学は私の人生に大きな「変化」と、変化をおそれないで前へ進む勇気を与えてくれた。

「心をオープンにしてゼロから吸収すること」。これがMBA留学を充実させる秘訣《ひけつ》ではないかと思う。「?」と「!」を持った分だけ自分が成長したのを感じる。

私が楽しい留学生活を送ることができたのは、ゼロからMBA留学をしたからだと思う。授業も就職活動もアメリカでの生活も、何もかもが新鮮だった。

もし「MBA留学で出来るだけ多くのことを吸収したい」と思われるのであれば、「好奇心の塊」になることをお勧めする。一年半～二年なんて、あっという間だ。ビジネススクールの授業は忙しいが、その中で私はパーティーやイベントに誘われれば、出来るだけ出かけていったし、大学での講演会やセミナーにも積極的に参加した。今となってはクラブ活動など、もっと参加すればよかったと思うぐらいだ。就職活動も業種を決めないで、なるべく多くの企業に応募して、面接していただくことにした。

それから、出来るだけ日本人以外の仲良しグループをつくることも大切だ。カルチャーの違いも含めて、私は友人たちから多くのことを学ぶことが出来た。彼らを通じて、自分の世界観を広げることができたと思う。

ニューヨーク・ヤンキースの往年の名捕手で、名言家としても有名になったヨギ・ベラの言葉にこんな言葉がある。

「When you come to a fork in the road, take it.」

分かれ道に来たら進めという意味だ。

ヨギ・ベラ自身は、普通にモノを言っているつもりなのだが、あまりにその言葉に含蓄があるために、周りの人が伝え、名言家になってしまったという。分かれ道の言葉も、クルマで自分の家に遊びにくる友人に、「右へ行っても左へ行っても我が家に着くよ」ということを伝えただけだという。この言葉、アメリカ人なら誰でも知っている。じっと悩んでいるよりは、とにかく進めという意味で、行動することの大切さを伝えるために、卒業式のスピーチや政治家のスピーチなどに頻繁に引用されている。

どちらに進んでも行きつくところは結局同じ。人生もこれに似ている。たくさん分かれ道があって、その都度、選択して、「あー、あの時、こんな選択をしていたら、人生変わっていたかな」と思うだろう。でも結局、その人に与えられた人生の一つの目的に向かって、走っているだけで、結果は変わらないのだ。

NHK、コロンビアへのMBA留学、そしてBCG。

すべては私が「何かを」達成するために一つにつながっている。

回り道をしているようで、実はすべてに意味があるのだ。そしてその意味は、もしかすると自分の人生が終わる直前にならないとわからないかもしれない。

これからどれだけ多くの分かれ道に、私は差しかかるのだろうか。

でも私は進み続けたい。

あとがき

この本を書き始めた動機はシンプルだった。

自分がMBA留学して本当によかったと思ったから、その体験をありのまま人に伝えたい――ただそれだけだった。そして、このちょっとカッコ悪い留学体験記を読んで、「世の中にはこんな不器用にがんばっている人がいるんだ。私もがんばろう」とか「MBA留学っておもしろい。目指してみようかな」とか、読者が前に進むきっかけになればうれしいなと思いながら書いていた。

ところが書いているうちに、実は、私は多くの人に支えられて留学したんだということを改めて実感した。だからこの本では、自分の体験をお伝えしながらも、私の留学を支えてくれた多くの人たちへの感謝の気持ちを伝えたいと思った。ここで改めて感謝の気持ちを表したい。

インターフェイスのデバリエ氏、ルクレア氏。それから本の中では触れなかったが、様々な相談にのってくださった小林由美子さん。私の人生をＭＢＡで飛躍させるきっかけをつくってくれた。

東京大学の小寺彰教授、豊田明子さん（トヨダ）をはじめとする大学時代の仲間たち、ＮＨＫの上司や同僚たちには、本当にお世話になった。親身になって相談にのっていただき、孤独な受験勉強の心の支えとなった。推薦状をいただき、メンターでもあった元ＮＨＫプロデューサーの吉儀彰さんは一九九八年二月、私の推薦状を全部書き終えた直後に急逝された。「佐藤さんのご本のなかで、生きている主人に会える事を楽しみにしています」。本の出版を伝えると、夫人の祥子さんから、こんなメールをいただいた。

ニューヨーク在住の中田博司さん夫妻、フレッド・カタヤマ＆久下香織子夫妻には、慣れないアメリカ生活を助けていただいた。そしてコロンビアビジネススクールのクラスターＸの友人たち！　この本はあまりにリアルなので（？）英語には訳したくないが、本当にありがとうと言いたい。コロンビアの日本人同級生、卒業生にも感謝したい。

就職活動でお会いした多くの経営者、面接官、人事担当の方々。全員は書ききれなかったが、魅力的な方ばかりで、途中から面接するのが楽しくなってきたぐらいだ。

社員が本を出版することに対して、快く了承してくれた、ボストンコンサルティンググループにも感謝したい。
最後に、MBA留学を支援してくれた父と母に心より感謝したい。お借りした留学費用は、分割払いで必ず返済させて頂きます。

佐藤智恵

二〇〇三年二月

MBAを思い立ってから取得までの流れ

1 いつか留学したいと思っていた。

2 1997年5月
留学予備校の無料相談でMBAを勧められ、その気になる。TOEFLの勉強開始。志望校を決める。

3 1997年6月
TOEFL1回目受験(587点)。
リスニングができずに落ち込む。

4 1997年7月
予備校に課題エッセイ指導を申し込む。
志望校の願書を取り寄せる。
TOEFL2回目受験(593点)。

5 1997年8月
GMATの勉強開始。予備校の夏期講習に通う。
TOEFL3回目受験(593点)。
まだ600点に届かず焦る。

6 1997年9月
TOEFL4回目受験(613点)。
やっと600点を越え、足切り点をクリア。

7 1997年10月
GMAT1回目受験(630点)。

足切り点をクリアし、予備校で課題エッセイ指導を受け始める。受験する8校と願書提出の順番を予備校との相談で決定。TOEFL5回目受験(620点)。

8 1997年11月
推薦状を上司と恩師に依頼。大学時代の成績表等入手。
シカゴ、NYU用エッセイ完成、書類を揃えて出願。
GMAT2回目受験(600点)。
TOEFL6回目受験(623点)。

9 1997年12月
ミシガン、ケロッグ用エッセイ完成、出願。
シカゴ、ミシガンの面接を受けるがシカゴで失敗。
TOEFL7回目受験(607点)。

10 1998年1月
UCLA、コロンビア出願。
予備校で面接トレーニングを受ける。
ケロッグ面接。
GMAT3回目受験(640点)。
TOEFL8回目受験(633点)。

11 1998年2月
NYU面接。ハーバード出願。

12 1998年3月
UCLA面接。スタンフォード出願。
NYU、ケロッグ、ミシガン、UCLAから合格通知。
TOEFL9回目受験(630点)。

13 1998年4月
コロンビアから合格通知。

14 1998年5月
有給をとって渡米し、合格した各学校を訪問。コロンビアに決める。

15 1998年6月〜11月
金策に走り回りつつ、NHKから派遣扱いで行けないかを交渉。

16 1998年12月
1年間の留学延期を決める。

17 1999年12月
NHKに退職届を出し、渡米。

18 2000年1月
NHK退局。コロンビアビジネススクール入学(〜5月1学期)。

19 2000年3月
就職活動開始。一時帰国して、日本で働くコロンビアの卒業生を訪問。

20 2000年5月
日本へスタディ・ツアー(修学旅行)。2学期始まる(〜8月中旬)。

21 2000年7月
CNNのインターンに応募→なしのつぶて。

22 2000年8月
日本の外資系テレビ局で就職面接を受けるために帰国→×。インターネット関連のコンサルティング会社で短期インターン。

23 2000年9月
3学期始まる(〜12月)。就職活動本格化。経営コンサルティング会社の就職面接練習開始。投資銀行の就職セミナーに参加。

24 2000年10月
夏のインターン先から内定をもらう。ボストンキャリアフォーラムで20社近く面接を受け、2社内定。

25 2000年11月
経営コンサルティング会社の面接ラッシュ。投資銀行、商業銀行から内定をもらう。

26 2000年12月
経営コンサルティング会社3社から内定をもらう。

27 2001年1月
ボストンコンサルティンググループに決め、8月から仕事を始めることにして内定書にサイン。就職活動終了。4学期始まる(〜5月)。

28 2001年5月
卒業。MBA取得。

文庫版あとがき

『ゼロからのMBA』の単行本を上梓《じょうし》してから十年。この記念すべき年に、文庫版を出版させていただくことになった。この十年間、多くの留学生から、「この本がきっかけとなって留学した」という手紙やメールを頂戴《ちょうだい》した。一冊の本が、読んでくださった方々に小さな勇気を与えることができたとするならば、これほどうれしいことはない。

『ゼロからのMBA』を書いているとき、私は、経営コンサルタントとして行き詰まりを感じていて、すでに転職することを決めていた。そんな人生の転機に、自分の生き方を確認するために、一気に書き上げたのが、この本だ。

勢いで書いたため、あまりに「！」マークが多く、当時の編集長から、「ちょっと、減らしましょうか？」と言われたぐらいである！

この本を出版した当時、三十代だった私も、当然のごとく(?)、四十代となった。返済できるか不安だった留学ローンは、卒業後、数年で、何とか返済することができた。

出版後、私にも大きな転機が訪れた。

一つ目が、二〇〇三年のボストンコンサルティンググループ(BCG)から外資系エンターテインメント会社への転職、そして、もう一つが、二〇一二年の独立だ。外資系エンターテインメント会社には、八年間も長居してしまった。早く独立しようと思っていたにもかかわらず、決断するのに何年もかかってしまった。勇気を奮い起こして退職を決意したのは二年前のことだ。現在は、ビジネス書を執筆するかたわら、企業向け、個人向けのコンサルティングなども行っている(ちなみに仕事では転機が訪れたが、プライベートでは……変化が何もない!)。

昨年、東洋経済オンラインで、「MBA留学は本当に人生を変えるのか?」という記事を書いたところ、読者の方々から大きな反響があった。

「海外留学っていう非日常的な体験をしているのだから、『人生が変わる』ような錯覚に陥るかもしれないけれど、結局、日本に帰国してしまったら変わらないのでは？」

「日本で働くことを前提にしたら、何千万円もかけて、留学するほどの価値があるのか、疑問ですね」

「日本人は、社費でMBA留学して戻ってきても、まだまだ下積み業務、よくて、中間管理職。人生は変わらないのでは？」

どれも、正しい意見だと思う。

結局、MBA留学というのは、その人のこれまでの人生の延長上にあるわけだから、MBA留学したからといって、急に、社長になれるわけでも、億万長者になれるわけでもない。

ただし、MBAは、人生に選択肢を与えてくれるのは、事実。

ここで、人生を変えるか、変えないかは、「本人次第」なのだ。

昨年から、MBA関連の著書を出版するために、欧米のトップビジネススクールを取材しているが、私が学生だったころに比べると、ずいぶん、カリキュラムが様変わりした。

何事も「変わることを止《や》めない」のは、一流のグローバル企業と同じだなと思う。たとえば、この本でご紹介した授業も、先生が退官されたり、他校に引き抜かれたりして、半分ぐらい、カリキュラムからなくなっている。

在校時、私に、発言する機会と勇気を与えてくれた、「トップマネジメント・プロセス」のラルフ・ビッガダイク教授は、昨年、病気のため、急逝された。最終講義で、「皆さんが卒業後、組織のトップとなって、この授業で後輩たちに体験談を語ってくれることを楽しみにしています」とおっしゃっていたのが忘れられない。私自身、「いつかこの授業で私も……」と目標にもしてきた。学生の心を動かし、その人生に大きな影響を与えてきたリーダーシップの授業が、一つ、コロンビアからなくなってしまったのは、とても残念でならない。

ビジネススクールが力を入れる分野も変わってきた。

私が通っていた二〇〇〇年頃は、金融関連の授業の人気が高かったが、現在は、アントレプレナーシップ（起業家精神）、ソーシャル・ビジネス（社会的企業）、新興国での開発援助ビジネスなどの授業が花盛りだ。

そして、「ソフトスキル」=コミュニケーションスキルを重視する傾向も強まっている。会計などの実務は卒業後、いくらでも仕事をしながら学べるけれど、正しいリーダーシップや修羅場の交渉術は、ビジネススクールでしか学べないでしょう、ということらしい。

MBAホルダーの就職先も様変わりしている。

かつては、金融機関とコンサルティング会社が人気の就職先として双璧《そうへき》だった。マッキンゼーやBCGなどコンサルティング会社は根強い人気があるが、コンサルも金融もかつての勢いはない。今や起業する人や、ソーシャル・ビジネスをはじめる人が、「かっこいい」のだそうだ。

カリキュラムや就職先が世界経済の趨勢《すうせい》に応じて、変わっていくのはもちろんのことだが、一番驚いたのは、日本人留学生数の減少だ。

コロンビアビジネススクールの入学面接官を務めていると、「こんなに優秀なのになぜ合格しないんだろう」と思う事が多々あったが、まさかこんなに減っているとは想像だにしなかった。

ハーバードの日本人学生（二〇一一年入学）は、一学年、全部で七人。九百人中七名だ。日本人学生が比較的多いことで知られていたウォートンでさえ、八四〇人中、日本人は四人。コロンビアに至っては、二〇一一年九月に入学した日本人は、五五〇人中、一人しかいない。

その他のトップビジネススクールの学生に聞いてみても、日本人留学生（日系アメリカ人などは除く）の数は、だいたい一学年に数人から十人程度。

私が留学していた十数年前に比べても、半分ぐらいの人数ではないかと思う。

実際、欧米のビジネススクールを受験する際に必須《ひっす》となっているGMAT試験の日本人受験者数の推移を見てみても、二〇〇二年に、のべ五六二〇人だった受験数が、二〇一一年は二五一八人と半分まで落ち込んでいる。

MBAに挑戦する人がそもそも減っている上に、「受けてもなかなか受からない」という現実もある。近年の中国人や韓国人学生の台頭を見ると、やはり、「アメリカが学びたい国の受験者を合格させているのかな」とも思う。

日本人受験者を取り巻く環境は厳しいけれど、それでも、私は、もっと多くの人にMBA留学に挑戦してほしいと願っている。

今後も面接官は続けていくし、MBA関連の著書も出版していくつもりだ。

さて、コロンビアビジネススクールのMBA取得者が、卒業から十二年後、何をしているのか。本書の登場人物を中心にご紹介させていただく。

日本人の同級生だが、男性の社費留学生は全員、派遣元に戻り、現在も働き続けている。転職する機会があってもしなかった理由は様々だが、「日本企業での環境が恵まれているので、外資系企業に転職する価値が見出《みいだ》せない」というのが本音のようだ。男性で唯一《ゆいいつ》の私費留学生だったキヨシさんは、卒業後、ずっと経営者の道を歩み、現在は、アンチエイジング関連の化粧品会社を経営している。

女性陣だが、アリカさんは金融関連の自営業、マサヨさんは日本の大手電機メーカーの管理職、マキちゃんは世界的なヘッドハンティング会社のヘッドハンターだ。

日本人以外の同級生のその後はどうなっただろうか？

まずは、大手グローバル企業で働いている男性の同級生から。

フランス人のアレックスは、卒業後、ＩＢＭ一筋。マーケティングや営業など、様々なファンクションを経験し、現在は中東のドバイ在住だ。

イタリア人のディーノは、A.T.カーニーやシティグループを経て、現在はアメリカン・エキスプレス（ロンドン）の戦略部門長。

同じくイタリア人のフェデリコは、イタリアの二輪車メーカー、ピアッジオのフランス支社長だ。

ダーモットは、ベライゾン等を経て、フェデラル・エキスプレスでＣＳＲ（企業の社会的責任）戦略のアドバイザー。

次は金融で働いている同級生。

私と同じチームだった、スペイン人のパブロは、シティグループ（ヨーロッパ）の投資銀行部門のマネージング・ディレクター。同じくチームメイトのデイブは、コネチカット州の投資ファンドのポートフォリオマネジャー。近況報告の後に「ゴー！チーム・ヒッキー！」と書いてくれた。

スペイン人のカルロスは、ゴールドマン・サックスを経て、現在は、モルガン・スタンレー。さすが王家の一族！子どもが六人もいる！フィリップも、ゴールドマンを経て、現在は、ロンドンで投資ファンド勤務。

中国系のJTは、香港とロンドンのシティグループを経て、北京で投資アドバイザーとして活躍。会社を三つ上場させたそうだ。

経営者や専門職で活躍している人たちもいる。

アメリカ人のエリックは、ロスアンゼルスのテレビ番組制作会社を経て、現在はテレビ番組の企画・制作会社を経営している。

ドイツ人のステファンは、ドイツでソフトウエア会社経営、イスラエル人のアミールも、母国で投資会社を経営している。ロシア系アメリカ人のマイケルは、フロリダで不動産会社を経営。

インド系のテッジは、ニュージャージーで医師として活躍している。

ジャパン・スタディ・ツアーで一緒に旅行をしたコートジボワール出身のパパは、卒業後、選手として参加したロードレースで事故にみまわれ、何とか命は助かったものの、体に障がいが残ってしまったという。現在は、友人のロードレースチームの広報活動などを手伝っているそうだ。久々の連絡に「コロンビアでのジャパン・スタディ・ツアーは、僕の人生の中で最高の思い出だ」と返事をくれた。

女性で圧倒的に多いのは、子育てをしながら、自分のペースで好きな仕事をしているというケースだ。

アリソンは、同級生のフェデリコと結婚し、フランス在住。子育てをしながら、何と、ビジュアル・アーティストとして活動中。夫の転勤とともに、ヨーロッパに在住するうちに、言葉が通じなくても人と通じ合える写真の世界に目覚めたのだそう。

元ダンサーのサラは、卒業後まもなく「Art for Refugees in Transition」というNPO法人を立ち上げ、タイと南米コロンビアで難民の子どもたちの心をアートで救う活動を展開している。

ジュリーは、障がい者の就職を支援するNPOで働いている。

もちろん、大企業の一線で働き続けている人たちもいる。

アンドレアは、インターコンチネンタルホテルズグループなどを経て、現在は、カナダでシルク・ド・ソレイユ勤務。

最年少のタイ人のシャンプーは、シンガポール在住。アリアンツ・グループの投資部門のヘッドだ。中国人のミンは、香港在住だが、中国の投資ファンドの副会長となった。

最年長で、元弁護士のキャリーは、現在、六十代だが、「昨年、ロンドン・スクール・オブ・エコノミクスで博士号を取得したばかり」とのことだ。「私はこれからも学び続けたい」と書いてあった。

卒業後十二年も経つと、とても親しくしていた友人の中にも、音信不通になってしまった人もいる。残念だが、皆が皆「つながっていたい」と思うとは限らないし、近況を聞かれたくない事情もあるだろう。それでも、クラスメート六十人中、二十人近くとつながっているのだから、やはりビジネススクールのネットワークは強いなと思う。

久しぶりに連絡をとってみて、気づいたのだが、男性はなんだかんだ言って、一流グローバル企業に勤務している人が多い。しかも転職しないで、卒業後就職した会社に十年以上いる人も多く、「欧米人は転職を重ねてステップアップするものだ」というのが固定観念だと気づいた。

しかも、金融関係が圧倒的に多い。

私たちが入学した二〇〇〇年は、まだ、リーマンショックなど一連の金融不安の前で、プライベート・エクイティや投資ファンドがやたらと流行《はや》っていて、学生は「とりあえず皆、金融を受けた」時代だ。

だから、そこで、金融に就職した人は、そのまま皆、金融業界にいるのである。コロンビアが「金融」に強い学校だということを、卒業後十年以上経《た》って、あらためて実感した。

また、マッキンゼーやBCGといった、コンサルティング業界にいる人がほとんどいないのも驚きだ。私自身が二年で辞めてしまったこともあるけれど、経営コンサルティング会社というのは、欧米の人でも、働き続けることが難しいのだなと思った。

そして、起業している人もいるが、経済ニュースに出てくるような有名企業を経営しているわけではなく、皆、こぢんまりと、マイペースで自分の好きな事をやっているという感じである。

決して皆、ジェフ・ベゾスやマーク・ザッカーバーグのようなスーパー起業家ではないのである。

女性のキャリアはバラエティーに富んでいる。

もちろん、夫がいて、収入が安定しているから、好きな仕事が出来るというのもあるだろうが、起業したり、NPOを立ち上げたり……。MBA取得後、子育てに専念しているという人もいる。

さて、こうした同級生の人生に、MBAは、何をもたらしてくれたのだろう？

前出のアメリカ人のダーモットは、こう答えてくれた。

「MBAを取得しなかったら、ベライゾンやフェデラル・エキスプレスで、こんな恵まれた環境で働けなかったと思う。コロンビアに入学前は、ITの専門家という枠から抜け出せなかった。ビジネススクールでマネジメントを勉強したからこそ、今の僕があると思っている」

フランス人のアレックスは、長い返信をくれた。

「MBAで学んだビジネスの『共通言語』がなければ、IBMで、異なる利害関係の人たちをまとめて、リーダーシップをとっていくことは難しかったと思う。そして、IBMの中で、マーケティング（パリ）、セールス（マドリッド）、コンプライアンス（ドバイ）と異なる国の異なる部署で、成長させてもらっているのも、MBAのおかげだ。そして、何より、ビジネススクールで学んだ知識があれば、どの国で、どんな仕事で、どんな状況になっても、挑戦できるし、成功できる、という自信がついた」

そうなのだ。

ＭＢＡは、「お金」「昇進」といった、実利も与えてくれるが、何よりも大きいのは、目に見えない価値を与えてくれることだ。

「好きなことをやりなさい」

「グローバルリーダーとしての誇りをもって生きなさい」

というビジネススクールの教えが、現在の私の基礎を形作っているのは間違いないのである。

そして、これは最近気づいたことなのだが、ビジネススクール時代に身につけた「思考術」も、人生を前向きに生きる上で、とても役に立っている。

今でも、ありがたいことに、「『ゼロからのＭＢＡ』を読んで、留学する勇気をもらいました」という方々に出会う。

微力ではあるが、この本が、人生を自分の力で変えようとしている人たちの気持ちを、後押しすることができるならば、とてもうれしい。
文庫版となり、より多くの方々に手に取ってもらえれば、幸いです。

佐藤智恵

二〇一三年五月

解説

中瀬ゆかり

いきなり脱線して恐縮だが、子どもの頃見た吉本新喜劇のギャグで、「私、こう見えても日銀に勤めております」「へー、すごいやん、日本銀行かいな」「いえ、日本銀紙株式会社です！」「ズルッ」という定番のやりとりがあり、大好きだった。似たバージョンに、「あんた東大卒業やて?! 東京大学かいな」「いえ、東京大工専門学校です」「ガクッ」というのもある。高級な肩書きを弄《もてあそ》んだ関西一流のギャグだ。そのオマージュとして（?）酒席で、「私、こう見えてもＭＢＡを持っております」「ＭＢＡってあの?!」「はい、マジにブスでアホの略ですぅ」……的なベタなギャグにして使っていた（恥ずかしいのぉ）。

しかし、この本の著者・佐藤智恵さんは、ナンチャッテではなく本物のＭＢＡを持っているというのだからすごい。「東大卒でＮＨＫに入社、コロンビアビジネススクールでＭＢＡ取得後、一流外資系に入社」ってまるで詐欺《さぎ》に使われるような華麗なる経歴。いや、世間にはすごすぎて笑っちゃうくらいの才女っているんだよねー。ん……ところで、MBAってほんまはなんやねん？と、ギャグにしていたわりにまったく何も知らなかった事実に愕然《がくぜん》としつつそこからページを開いた。まさに『ゼロからのＭＢＡ』というタイトルにふさわしい見事な頭真っ白な読者その1である。ＭＢＡって、アメリカのバスケットボール協会だっけ？（それはＮＢＡ）というようなボケはおいといて、ここで言うＭＢＡとは、経営学修士のこと（Master of Business Administration）。それを取得する人間に与えられる巨大なメリットの詳細等は本文に譲るとして、著者自身も、最初はこの資格のことを何も知らなかったというから驚きだ。

ＮＨＫのディレクターで充実した日々を送っていた27歳女子が「アメリカに留学して自分を成長させたい」と留学予備校の門を叩《たた》くところからドラマは始まる。「将来、何をやりたいかわからないなら、ＭＢＡ留学がいいよ」という留学予備校の先生の一言で彼女の人生が変わる。佐藤さんは一念発起、壮絶な受験勉強をスタートさせ、なんと1年未満で名門コロンビア大学経営大学院に合格してしまうんだからすごいパワーと集中力だ。なおかつ、ＮＨＫという誰もがうらやむ安定した職場を手放し（社内事情により）、30歳で1000万円もの留学費用を借金し、単身アメリカに渡るわけだが、そこまでの奮闘で前半にまず、驚嘆ポイントがてんこもり。

数字が苦手、経済も苦手なのに、こんな思い切った挑戦、できますか?!　しかも、求められる英語力は、TOEFL630点、GMAT700点以上で、魅力的な履歴書に推薦状を用意し、超のつく厳しい面接をパスしないとダメなのだ。入学する学校選びも重要になる。著者は、トップ10校を目指すことになるが、「目標は高いほうがいいから」、というのは、大事なキーワードだ。いま、ついつい、みんな、「分をわきまえる」とか「身の丈にあった人生」、というのをチョイスしがちになっているもん。「勘違いしない等身大の私」ばかりを求めていたら、イタい女にはならないかもしれないけれど、それこそ冒険のない歩留まりのいい女で終っちゃう……。人生は一度きりなのに、なんともったいない！　脳内にロッキーのテーマソングが鳴り響いてくる。

それと同時に頭に浮かんできたのが、林真理子さんのベストセラー『野心のすすめ』（講談社現代新書）。金なしコネなし、で、就職戦線では無情にも40社から不採用通知を受け取った若き日の林さん。それでも、高望みする野心をけして手放さなかった林さんのモットーは「やった後悔は日に日に小さくなるけれど、やらなかった後悔は日に日に大きくなる」だった。佐藤さんも、NHKに残るか留学か、の最初の大きな選択を迫られたときにこう書いている。

「いま辞めなかったら私の人生はどうなるのか、考えてみた。もう転職のチャンスはなくなり、一生NHKにしがみついて生きる人生だろう。(中略)そこそこの女性管理職としてニュースや番組を制作して、うまくいけば解説委員にでもなって定年を迎えることだろう。私の今後の人生が、全部、キレイに見えてくる。NHKの仕事は好きだったが冒険のない人生ほどつまらないものはない」(会社にしがみついて40代後半を迎えた身にはキツイくだりだが)。

「今、MBA留学しなかったら、絶対後悔するだろうと思った。NHKにいながら、『あの時留学していたら』と未練がましく思うよりも、退職後、イヤなことがあって『留学したんだから、後悔しない』と前へ進む方がいい」(烈《はげ》しく同意! 一度きりの人生なら、とにかくやってみなはれ、だ)。

コロンビアビジネススクールに入ってからも彼女の奮戦ぶりは一段落するどころかますます熾烈《しれつ》になる。レベルの高い授業。「クラスターX」の優秀なクラスメイトたちにもまれ、容赦ない先生の指導のもと、切磋《せっさ》琢磨《たくま》され、人間的にも大きく成長していく姿は気持ちいいほど(MBA版「ドラゴン桜」を読んでいるような快感)。試行錯誤を重ねながらもどんどん吸収して難問を「クリア」していく瞬間の疑似体験を味わいながら、ふと怖くなった。

これは、20代30代の、これからキャリアアップをはかる女性には計り知れないエールを送る内容だが、50に手が届くオバさんには酷な本ではないか。自分のやれなかった高望み人生のサンプルをつきつけられているみたいで、落ち込むわ……と思っていたら、クラスの最年長である元弁護士の女性はなんと、今の私と同じ48歳。しかも彼女は現在60代で博士号を取得して「私はこれからも学び続ける」と言い放っているらしいのだ。これにはドドーンと背中を押される。学び直しに、年齢なんか関係ないのだよナァ。

もちろん、MBAは取っただけで満足しているものではない。佐藤さんはさらに就職活動というハードルで大きく飛躍してみせた。このくだりは、本書の後半の見せ場でもあり、ぬるい就活しか経験していない私をまたも震え上がらせてくれた。

私はかつて、男女雇用機会均等法の一期生として、出版社に入社した。それまでは女の総合職の雇用に門戸を開いてすらない、という日本社会で、突然開いた扉にギリギリで飛び込んだような就職だった。もし、卒業が2、3年前だったら……学生時代の恋人と結婚してそのまま主婦になっていたかもしれない。社会人として十二分に恵まれたスタートを切ったつもりだったが、それでもまだ、子どもを産み育てることとキャリアの両立が難しい時代だった。

いまや、目の前で軽やかにその両立を果たして飛び回る後輩たちがいる。頼もしいかぎりだ。しかし忘れてはいけないのは、どんな時代にも必ず、道を切り拓《ひら》いてくれた先達がいて、そのおかげで私も後輩達も通り抜けることができている、という事実。佐藤さんの前にもMBAを取ってきた女傑《もののふ》たちの作ったケモノ道があり、今回、この本によって佐藤さんがその巾《はば》をさらに広げてくれた気がする。

佐藤さんは、私より4つもお若い。いや、4つしか変わらない、と言うべきか。なのに、彼女はこんな思い切ったキャリアアップをはかり、40代の今も進化し続けている。MBAを取得し、超一流企業であるBCG（ボストンコンサルティンググループ）に就職し、本書を書かれたのち、外資の放送局に移籍、その後独立して起業、と立ち止まることを知らない活躍ぶり。新潮新書で出された『外資系の流儀』という著書には、その後の佐藤さんが味わった外資という環境のきつさも楽しさも生き生きと描かれていて、これまたいい意味で緊張し、身をひきしめさせてくれる。会社とは、労働とはなにか、給与とは？　昇進とは？　という「働く自分」の原点に立ち返らせてくれた。しかも、その荒波にもまれて躓《つまず》きも経験しながらも世界の大海原を泳ぎ続ける佐藤さん。そのあくなき野心と行動力、夢を夢で終らせないヴァイタリティと人間的魅力には同性ながらため息が出てしまう。

＊

本書のタイトルには「ゼロから」とあるものの、子どもの頃の海外生活経験で英語の素地があり、東大卒でＮＨＫにいた才色兼備をつかまえて「一体どこがゼロやねん！」という突っ込みも入れたいところだが、それは僻《ひが》みというもの。私にとっては酒席のギャグでしかなかったＭＢＡが本書により、ぐっと手近に引き寄せられたという感じ（たとえ勘違いでも）、この感覚こそが、ゼロからには必要なのであり、スタートラインのスペックに個々でばらつきがあるのは当然なのだ。

40代でも50代でも、ヒトはやる気と努力と愛嬌《あいきょう》（これも大事）で進化し続けられる。本書は次のステップを目指す30代女子にはもちろん、「そこそこ」の安定の上に胡坐《あぐら》をかいていたオバはんの頭にも効き目抜群。年齢も立場も違う読者の共通の読後感として残るのは、自分の可能性の火を燃やし続けたいという祈りと、明日へのワクワク感に違いない。

さて、本書を閉じた私たちはまず何をすべきか。この先には書かれていないそれぞれの行動が、同じ「ゼロから」にも大きな差を生むのは間違いない。何もＭＢＡ挑戦でなくていい。本書はＭＢＡ取得のノウハウとキャリアアップの入門書として秀逸ではあるが、それだけにとどまらない本だから。現に私はきっとＭＢＡには挑戦できないけど、かわりに、誰にも言わずに長年蓋《ふた》をしていた「ちょっと無理めの夢」の函《はこ》がパカンと開いたもの。
まず動こう、まず話そう。そんな当たり前のことから、閉じて見える扉の鍵《かぎ》が手に入るかもしれない。いま背中を押されたい人は必読だ。働く女たちの精神的支柱になる新たなバイブルとして末永く読まれて欲しい。

（平成二十五年五月、新潮社出版部部長）

この作品は平成十五年三月新潮社より刊行された。

藤原正彦著　若き数学者のアメリカ

一九七二年の夏、ミシガン大学に研究員として招かれた青年数学者が、自分のすべてをアメリカにぶつけた、躍動感あふれる体験記。

藤原正彦著　数学者の言葉では

苦しいからこそ大きい学問の喜び、父・新田次郎に励まされた文章修業、若き数学者が真摯な情熱とさりげないユーモアで綴る随筆集。

藤原正彦著　数学者の休憩時間

「正しい論理より、正しい情緒が大切」。数学者の気取らない視点で見た世界は、プラスもマイナスも味わい深い。選りすぐりの随筆集。

藤原正彦著　遥かなるケンブリッジ
――数学者のイギリス――

「一応ノーベル賞はもらっている」こんな学者が闊歩する伝統のケンブリッジで味わった波瀾の日々。感動のドラマティック・エッセイ。

藤原正彦著　父の威厳　数学者の意地

武士の血をひく数学者が、妻、育ち盛りの三人息子との侃々諤々の日常を、冷静かつホットに描ききる。著者本領全開の傑作エッセイ集。

藤原正彦著　心は孤独な数学者

ニュートン、ハミルトン、ラマヌジャン。三人の天才数学者の人間としての足跡を、同じ数学者ならではの視点で熱く追った評伝紀行。

藤原正彦著
古風堂々数学者
独特の教育論・文化論、得意の家族物に少年期を活写した中編。武士道精神を尊び、情に棹さしてばかりの数学者による、48篇の傑作随筆。

堀江敏幸著
いつか王子駅で
古書、童話、名馬たちの記憶……路面電車が走る町の日常のなかで、静かに息づく愛すべき心象を芥川・川端賞作家が描く傑作長篇。

堀江敏幸著
雪沼とその周辺
川端康成文学賞・谷崎潤一郎賞受賞
小さなレコード店や製函工場で、旧式の道具と血を通わせながら生きる雪沼の人々。静かな筆致で人生の甘苦を照らす傑作短編集。

堀江敏幸著
河岸忘日抄
読売文学賞受賞
ためらいつづけることの、何という贅沢！　異国の繋留船を仮寓として、本を読み、古いレコードに耳を澄ます日々の豊かさを描く。

堀江敏幸著
おぱらばん
三島由紀夫賞受賞
マイノリティが暮らす郊外での日々と、忘れられた小説への愛惜をゆるやかにむすぶ、新しいエッセイ／純文学のかたち。

堀江敏幸著
未見坂
立ち並ぶ鉄塔群、青い消毒液、裏庭のボンネットバス。山あいの町に暮らす人々の心象からかけがえのない日常を映し出す端正な物語。

村上春樹
安西水丸 著

象工場のハッピーエンド

都会的なセンチメンタリズムに充ちた13の短編と、カラフルなイラストが奏でる素敵なハーモニー。語り下ろし対談も収録した新編集。

村上春樹
安西水丸 著

村上朝日堂

ビールと豆腐と引越しが好きで、蟻ととかげと毛虫が嫌い。素晴らしき春樹ワールドに水丸画伯のクールなイラストを添えたコラム集。

村上春樹 著

螢・納屋を焼く・その他の短編

もう戻っては来ないあの時の、まなざし、語らい、想い、そして痛み。静閑なリリシズムと奇妙なユーモア感覚が交錯する短編7作。

村上春樹 著

世界の終りとハードボイルド・ワンダーランド
谷崎潤一郎賞受賞（上・下）

老博士が〈私〉の意識の核に組み込んだ、ある思考回路。そこに隠された秘密を巡って同時進行する、幻想世界と冒険活劇の二つの物語。

村上春樹
安西水丸 著

村上朝日堂の逆襲

交通ストと床屋と教訓的な話が好きで、高いところと猫のいない生活とスーツが苦手。御存じのコンビが読者に贈る素敵なエッセイ。

村上春樹
安西水丸 著

日出る国の工場

好奇心で選んだ七つの工場を、御存じ、春樹&水丸コンビが訪ねます。カラーイラストとエッセイでつづる、楽しい〈工場〉訪問記。

ゼロからのMBA

新潮文庫　さ－80－1

平成二十五年七月一日発行

著者　佐《さ》藤《とう》智《ち》恵《え》

発行者　佐藤隆信

発行所　株式会社 新潮社

郵便番号　一六二―八七一一
東京都新宿区矢来町七一
電話　編集部(〇三)三二六六―五四四〇
　　　読者係(〇三)三二六六―五一一一
http://www.shinchosha.co.jp

価格はカバーに表示してあります。

乱丁・落丁本は、ご面倒ですが小社読者係宛ご送付ください。送料小社負担にてお取替えいたします。

印刷・凸版印刷株式会社　製本・株式会社大進堂

ISBN978-4-10-127591-8 C0195